はぐれ烏《がらす》

日暮し同心始末帖

辻堂 魁

祥伝社文庫

目次

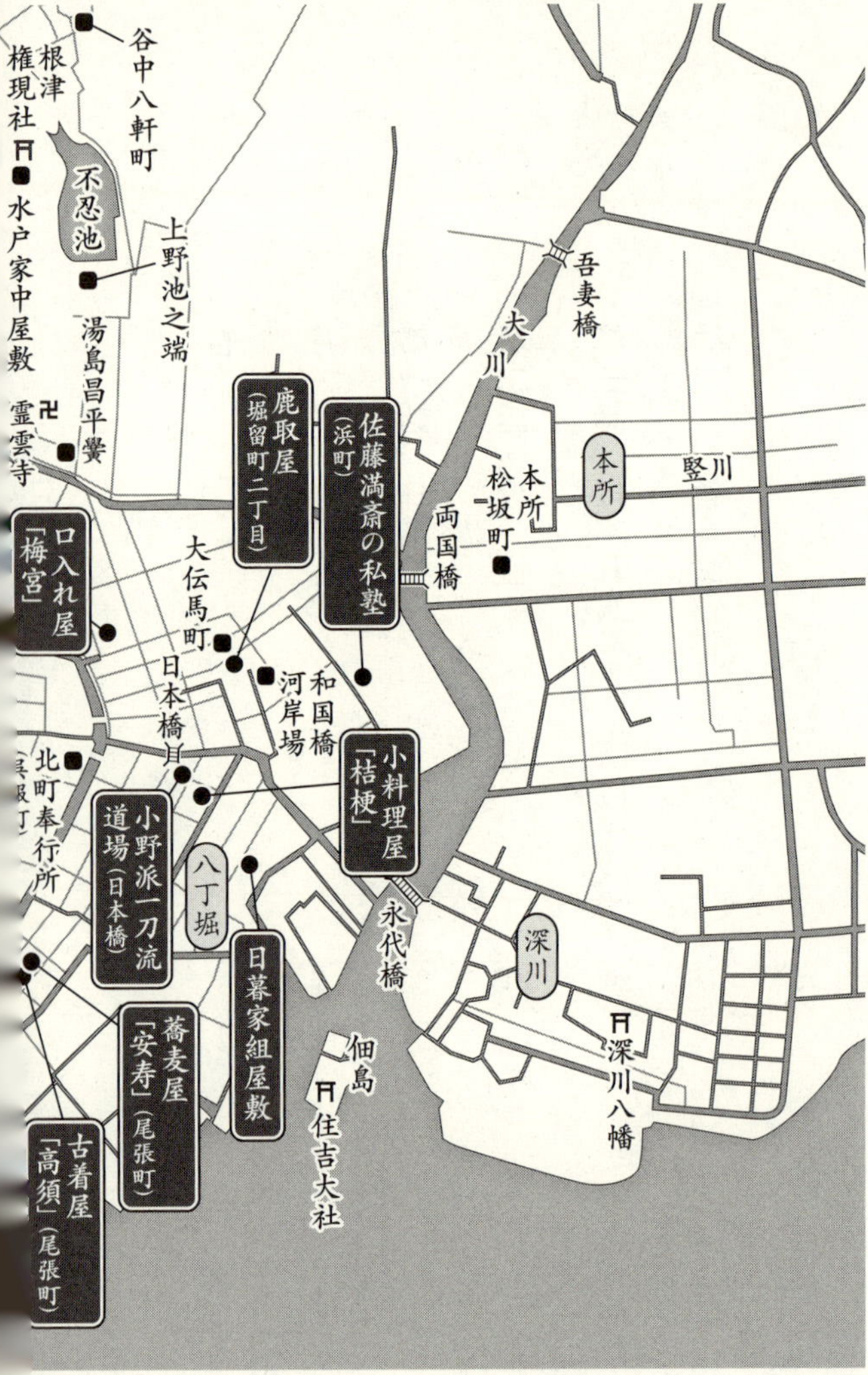

谷中八軒町
根津権現社
不忍池
水戸家中屋敷
上野池之端
湯島昌平黌
霊雲寺
吾妻橋
大川
鹿取屋（堀留町二丁目）
佐藤満斎の私塾（浜町）
本所松坂町
本所
竪川
両国橋
口入れ屋「梅宮」
大伝馬町
日本橋
河岸場
和国橋
小料理屋「桔梗」
北町奉行所
小野派一刀流道場（日本橋）
八丁堀
永代橋
深川
日暮家組屋敷
佃島
住吉大社
深川八幡
蕎麦屋「安寿」（尾張町）
古着屋「高須」（尾張町）

『はぐれ鳥』の舞台

北
西
東
南
至武州新座郡
中山道
水道橋
沢木七郎兵衛宅
（三崎稲荷）
甲州街道
江戸城
口入れ屋
「澤田屋」（芝口）
船宿
「万年家」（芝湊町）
東左衛門店
（芝湊町）
金杉橋

地図作成／三潮社

序　親のしつけ

一

文化《ぶんか》十三年（一八一六）、九月も終わりに近いその夜更《よふ》け、寂《さび》しげな寒気が詰《つめ》所《しょ》に忍び寄っていた。

呉服町《ごふくちょう》の火の番が突く鉄杖《てつじょう》が濠《ほり》を越えて、
ちゃん、こん、ちゃん、こん……

北町奉行所同心番所《どうしんばんしょ》に冬の予感を伝えていた。

どん、どん、どん……

「恐れながら、お願い申しあげます。恐れながら、お願い……」

表門を叩《たた》く重たい音と男の声が、さっきから聞こえている。

「ご訴え、申しあげます」

夜五ツ半（午後九時頃）をすぎ、もう四ツ（午後十時頃）に近い。

門番所の小窓の開く音がした。

門番と男が小声でやりとりを始め、やがて表門右小門の潜戸《くぐりど》が軋《きし》んだ。

その夜、宿直《とのい》を務める平《ひら》同心の日暮《ひぐれ》龍平《りゆうへい》は、書案《しよあん》の上に開いていた曲亭馬琴《きよくていばきん》の《南総里見八犬伝《なんそうさとみはつけんでん》》第五巻を閉じ、手控帖《てびかえちよう》を懐《ふところ》に差し入れた。

門番の呼ぶ声を待つとき、いつも少し緊張する。

ふと、身重《みおも》の麻奈《まな》のことが脳裡をよぎる。

「駆けこみぃ」

「おお」

詰所と番所を仕切る襖《ふすま》を開けると、手丸提灯《てまるちようちん》を掲《かか》げた紺《こん》看板の門番と並んで、羽織袴《はおりはかま》の二人の男が門内の石畳《いしだたみ》にかしこまっていた。

番所は門を潜った右側に、落縁《おちえん》と畳の部屋を門内石畳に対して開いている。

龍平は番所の文机《ふづくえ》の前に座って、さもありふれたことのように言った。

「ご訴えですね」

そういう言い方をした方が、緊張している訴人の気持ちを楽にする。

「お願いでございます。娘が、か、誘拐《かどわか》されました。とんでもないことでございます。娘を、娘をとり戻して、うう……」

男のひとりが突然ひざまずき、両手を石畳について頭を落とした。

言葉尻が嗚咽《おえつ》で聞きとれなかった。

「鹿取屋《かとりや》さん、落ちついて。ここで受けつけるのではありませんから」

もうひとりが鹿取屋という四十年配の男に寄り添い、両肩へ手をかけた。

「あ、そうか」

鹿取屋はよいこらしょと立って、照れくさそうに腰を折った。

「失礼いたしました。ついとり乱して、とんだ間抜けでございました」

「お気になさらずに」

「あらためまして、お願いを申しあげます」

「今、誘拐しと仰《おつしや》ったが、火急《かきゆう》の事態であれば至急番方へ手配しますが」

「誘拐しでございます。ではございますが、切迫しておりますかおりませんかは、娘に訊《き》いてみませんことには……」

「うん？　あなたのほかの娘さんに、訊くということですか」

「いえいえ。わたしどもはひとり娘でございます」

「ひとり？　ひとり娘が誘拐された、のですね。ということは、誘拐されたご本人に訊くのですか」

「さようでございます」

鹿取屋は、深々と首を縦《たて》にふった。

公事《くじ》なら訴状受けつけは月番町奉行所で暮れ六ツ（午後六時頃）限りだが、市中の治安にかかわる一刻を争う事態に昼夜の制限は、むろんない。

ただ、当番方与力へ願い出る前に、宿直の同心には、一応、事が急を要するか否《いな》かを把握しておく必要がある。

宿直の務めも数をこなしていると、夜更けに奉行所へ駆けこまずとも、町内ですませられる近所のもめ事やささいな痴話喧嘩《ちわげんか》だったりする場合が案外多いことがわかってくる。

鹿取屋は、己《おのれ》の言葉が上滑《うわすべ》りしていることに気づいていない。

「いいでしょう。では、お名前とお住まい、それからご商売をどうぞ」

龍平は二人の仕立てのいい羽二重《はぶたえ》の羽織を見比べた。

二

その日の昼下がり。日暮龍平が下陣から年寄同心詰所へ入ると、執務用の書案に肘《ひじ》をつき、柳原友助《やなぎはらともすけ》とひそひそ話を交わしていた梨田冠右衛門《なしだかんえもん》が、話の途中の破顔《はがん》を回して言った。

「ひぐれ、今晩、宿直を務めてくれ」

「はあ……」

曖昧《あいまい》に答えた龍平は、ちらと困惑を覚えた。

梨田は《頼んだぞ……》という目配せを送ると、龍平が座るのを待たず、破顔のまま柳原との話の続きに戻った。

龍平は梨田の後ろに、背丈五尺七寸《しゃくすん》（約一七一センチ）ほどの痩軀《そうく》の膝《ひざ》を折った。

鼻梁《びりょう》が鼻筋をやや高く見せている細面《ほそおもて》の割には、ほんの少し下ぶくれの感じに骨ばった顎《あご》と生白い肌色が、顔立ちに柔和《にゅうわ》な印象を与えている。

一段下がった落縁先の、大庇《おおひさし》が影を描いた砂利《じゃり》土間に、雀《すずめ》が数羽、ちち……

と飛び交っていた。

年寄同心詰所の東隣が年番部屋、折れ曲がりの南隣の執務部屋が与力番所で、訴人は大庇下の砂利土間に呼ばれ、「恐れながら……」と願いを受けつける当番与力に訴える。

白洲《しらす》のある公事溜《だま》りでは、まだ大勢の公事人が詮議《せんぎ》の順番を待っている。

だが、ざわめきがこの部屋まで届くことはない。

冬が近い小春日和《びより》の午後である。

梨田と柳原のひそひそ話は、諸大名からの盆暮寒暑の進物《しんもつ》、いわゆる献上残《けんじようのこ》りや町々からの定式《じようしき》、および臨時のつけ届け・礼金の配分についてらしい。

小声に、ときどき冷めた笑い声がまじる。

「重陽《ちようよう》の節《せつ》供《く》のつけ届けでもな、伊勢《いせ》町の酒井屋《さかいや》と船積問屋の大津屋《おおつや》が連名で持参した熨斗袋《のしぶくろ》に名宛《なあて》がなかったもんだから、福澤《ふくざわ》さんが分配金へまわしたんだと。そしたら南村《のうむら》が酒井屋と大津屋のは自分へのご用頼みの分だから、ほかのとは別にしてくれとねじこんだらしい」

「そいつぁ無理だ。口頭で南村へと言ったのなら別だが」

「口頭で言うなら熨斗袋に名宛をするだろう。だから福澤さんは名宛がないものにそんなことはできんと突っぱねた。く……福澤さんは、礼金の分配では妙に堅いところがあるからなあ」

「さよう。まあ、われらにとっては、その点はありがたい」

梨田は柳原との話に気をとられ、後ろの龍平のことは忘れている。

周りは年寄並以上の役格ばかりの同心が書案を並べ、梨田と柳原のひそひそ話を気にするふうもない。

福澤は筆頭与力の福澤兼弘《かねひろ》で、南村とは廻《まわ》り方の南村種義《たねよし》だ。

知行《ちぎょう》二百石の与力や三十俵二人扶持《ぶち》の同心にとって、諸大名や裕福な町人、商人からのつけ届けや礼金は、黙許されている重要な副収入である。

その副収入が町方与力同心の相応の暮らしを支えている。

福澤は、奉行所に持参されるつけ届けの与力同心の分を受けとって、各掛《かかり》の名宛をのぞき、役格に応じて分配する役割である。

梨田や柳原が福澤の分配を気にする気持ちは、龍平にもわかる。

龍平は梨田の小銀杏《こいちょう》の髷《まげ》に、ぼそ、と声をかけた。

「あの……」

梨田は、「あ?」と龍平にふり向き、まだいたのかみたいな顔をした。

「じつは、妻が身重なのです」

龍平は言い辛《づら》そうに首を傾《かし》げた。

梨田は龍平の顔を見つめ、合点のいかなそうな間《ま》をおいた。

「はあ……それはめでたいことだな」

「出産が迫っており、できれば妻の側《そば》にいてやりたいのですが」

梨田は、笑いを嚙《か》み殺して眉《まゆ》をひそめた。

「女房の出産に亭主がいても役にはたたんだろう。ひぐれが当番方でないのは承知しておるが、こちらもみな掛を抱えておる身でな。空《あ》いている者がおらんのだよ、あんたのほかには……」

平同心が女房の出産にかまけて、仕事を二の次にするつもりかい、とでも言いたげな様子だった。

「女手が姑《しゆうとめ》しかありませんもので、わたしも何か手伝うつもりでおります」

「そういうときは近所のお内儀《ないぎ》が手伝ってくれるもんだよ。おぬしの実家からも母親がきてくれるのではないか」

「はあ」

「それとも何か？　旗本の身分では倅《せがれ》の婿《むこ》入り先が身分の低い町方役人だから、

手伝いにはこれぬとでも言うのか」

梨田は露骨な嫌《いや》みを言った。

「いや、そんなことはありません」

「なら、問題はないだろう」

柳原が傍《かたわ》らでにやついている。

三人が黙り、土間の雀の鳴き声がのどかに聞こえた。

咳《せき》払いや、灰《はい》吹《ぶ》きに煙管《キセル》の灰を落とす音が、龍平の耳にふれた。

町奉行所同心は五組に組分けされ、組の者は組頭《くみがしら》より公私に亘《わた》ってさまざまな支配を受けており、家臣ではないが上下関係は厳しい。

年寄同心の梨田は、平同心の龍平が属する五番組の組頭なのである。

しかし——

「承知いたしました。家にはそのように使いを出します」

龍平は梨田と柳原に一礼した。

梨田は立ちあがった龍平の黒羽織へ、「たのんだぞ」と気楽な声をかけた。

三

夜風がとき折り、ひゅう、と吹く砂利土間の莚《むしろ》に二人の訴人が座っている。

龍平は手丸提灯を手に、二人の傍らで片膝をついて控《ひか》えていた。

訴人は、堀留町《ほりどめちょう》二丁目の老舗《しにせ》菓子問屋・鹿取屋忠治郎《ちゅうじろう》四十七歳。

もうひとりは添役の同町名主・堺屋庄之助《さかいやしょうのすけ》、同じく四十七歳と言った。

落縁の上の与力番所には、その夜の当番方与力、補佐役の年寄同心、「物書《ものかき》衆《しゅう》」と呼ぶ物書同心が二人を見おろしている。

鹿取屋忠治郎娘・萌《もえ》十九歳が、古川《ふるかわ》に架《か》かる金杉《かなすぎ》橋の河岸《かし》場《ば》に近い芝湊《しばみなと》町の船宿・万年《まんねん》家《や》雇い船頭・川太郎《かわたろう》二十八歳によって、誘拐《かどわか》されたため、救出を願い出たというのである。

誘拐されたとは、尋常ではない。

無頼《ぶらい》の輩《やから》の、人さらいか親の金目当ての連れ去りか、いずれにせよ、すぐに捕《とり》物出役《ものしゅつやく》の手を打たねばならないが、鹿取屋の説明では、どうも娘の生命《いのち》や安全にかかわる事態ではなさそうだった。

当番方与力・川島英十郎《かわしまえいじゅうろう》は、鹿取屋の言葉に耳を傾けながら、要領を得ない説明に苛《いら》だちを募《つの》らせていた。

川島は今年、見習から本勤《ほんづとめ》に昇進した二十二歳の新参与力である。

年寄同心の岐部高雄《きべたかお》が補足の問いかけを挟《はさ》むと、鹿取屋はこれまで娘へそそいだ愛情の深さや、鹿取屋にとって娘がどれほど大事かなどという話にそれ、肝心《かんじん》の娘が誘拐された経緯《いきさつ》がよくわからない。

「鹿取屋……」

川島がしびれをきらして言った。

「おぬしの娘・萌を川太郎なる船頭が誘拐したのはいつだ」

「今月の十七日、十日前でございます」

「誘拐すとは川太郎は凶悪な無頼漢だな。そんな男に娘を誘拐されてなぜ十日も放っておいた。町役人《ちょうやくにん》は何をしていた」

「放ってはおきません。萌を戻すようにたびたび談判《だんぱん》いたしました。ですが、川太郎め、船頭のくせにこちらの申すことに耳を貸しません。船頭ごとき、お上に訴えてお手数を煩《わずら》わせるまでもあるまいと高を括《くく》っておりましたのが、間違いのもとでございました」

「変だな」

川島は補佐役の年寄同心と物書同心へ、変だろう？ と同意を求めた。

「萌を誘拐した川太郎に談判とは、どういうことだ。川太郎が萌を連れ去った場所はわかっておるのか」

「それはもう、芝湊町の東左衛門店《とうざえもんだな》でございます。川岸の薄汚い貧乏長屋で、萌があのような裏店《うらだな》に閉じこめられているかと思うと……」

「待て待て。場所がわかっておるなら町役人がいって連れ戻せばよかろう。それとも、川太郎には無頼の仲間が大勢ついておるのか」

「いいえ。はぐれ狼《おおかみ》を気どった、所詮《しょせん》、破落戸《ごろつき》でございます」

「すると、腕っ節が強くて手が出せんのか」

「腕っ節は強うございます。子供のころから札付《ふだつき》だったそうでございます」

「ならば廻り方に願い出ればよかろう。堀留町界隈《かいわい》は誰が廻っている」

「わたしどもの方は、北御番所の富永真兵衛《とみながしんべえ》さまでございます」

と、それは添役の堺屋庄之助が言った。

「富永なら腕利《うでき》きだ。富永に言えば難なく救い出せるはずだ」

「富永さまには、お、お願いいたしました」

と鹿取屋が引きとった。

「富永さまは様子を見ようと仰っておられます。でも、わたしどもはもう待てません。何とぞ、御番所のお力添えをお願いしたいのでございます」

「鹿取屋さん、あんた、娘の萌が川太郎に誘拐され、連れ去られたところを見たのかい。それとも誰かに聞いたのかね」

同心の岐部高雄が脇《わき》から訊《たず》ねた。

「見も聞きもしておりませんが、そうとしか考えられません。可哀想《かわいそう》に萌は、わたしどもの助けを、今か今かと待っておることでございましょう」

「場所はどこだい」

「場所と申しますと？」

「娘が誘拐された場所だよ」

「船宿の万年家でございます」

「万年家とは川太郎が雇われている船宿だな。万年家へ娘は誰と何をしにいったんだい」

「ですから萌は、川太郎に言葉巧《たく》みにたぶらかされて、万年家に誘いこまれ、挙《あげ》句《く》にあの者の裏店へ閉じこめられているのでございます」

「万年家に雇われてる川太郎にそんな暇《ひま》はねえだろう。要するに、娘と川太郎は互いに惚《ほ》れ合って、一緒に暮らしてるってことじゃねえのか」

「と、とんでもございません。惚れ合ってなどとふしだらな。川太郎のような船頭に、老舗《しにせ》鹿取屋の大事な跡とり娘を娶《めと》らせるわけにはまいりません」

「いや、娶る娶らねえの話じゃなくて、誘拐しとは違うんじゃねえかと言ってるんだよ」

鹿取屋は納得できないらしく、不満そうに顔をそむけた。

川島と岐部が顔を見合わせた。

「鹿取屋、娘を奪った川太郎を奉行所に訴えるなら、訴えの筋を記した訴状が必要だが、訴状はできておるのか。おぬしの訴状を披見《ひけん》したうえで、こちらも下知《げち》をするという手続きがいるぞ」

下知とは、当番方が訴状を受けた趣《おもむき》を、言上帖《ごんじょうちょう》という帳簿に物書同心が記すことを指し、奉行はこの言上帖によって、受けつけている訴状の内容や、扱っている犯罪事案の現状を把握するのである。

「訴状は娘の話を聞いてから、あらためて出させていただくつもりでおります。今は一刻でも早く娘を救い出していただきたいのでございます」

「ならば町役人と廻り方が対応する一件だろう。廻り方の要請があれば出役をいたす。ここは訴えを受けつけるところなのだ。堺屋、おぬし、名主の役目にありながら、それを鹿取屋に教えていないのか」

堺屋は両手をついて恐縮した。

「話しております。鹿取屋さんも承知してはおりますが、手をつくしても娘を助け出せず、やむを得ず御番所のご威光におすがり申しあげることにいたし、わたくしがつき添いました次第でございます」

「それがおかしいのだ。ここで訴えても動くのは廻り方になるのだから、結局同じことだろう。名主の堺屋が廻り方にきちんと事情を話せば、夜のこんな刻限に二人揃《そろ》ってわざわざこずとも始末はつくはずだ」

「それはわかっております。ですが……」

鹿取屋が横から弁解しようとした。

「おぬしの願いはもう聞いた。繰りかえさなくともよい。親の意に添わぬ男と娘がくっついたからなんとかしてくれとは、ここは親の言うことを聞かない娘の相談を持ちこむ掛ではない。廻り方が対応して、それで埒《らち》が明かなければ、奉行所ではどうにもならんのだ。要は親のしつけ方が間違っていたのだろう」

若い川島の言葉に手持ち無沙汰《ぶさた》の物書同心が、ぷっと噴いた。

理屈はそうでも、川島の言葉には少々刺《とげ》があった。

「親のしつけなどと、そのような言い方をされる筋合いはございません」

鹿取屋は色をなして言いかえした。

「そのような言い方をしてはならん」

龍平が鹿取屋の傍らから小声で制した。

堺屋が鹿取屋の袖《そで》をこそこそ引くも、鹿取屋は顔を赤らめて譲らない。

町名主の堺屋が下手《したて》に出ているのだから、鹿取屋は町内の有力者らしい。この若造が、という思いが表情に透《す》けて見える。

二本差しが恐けりゃ田楽《でんがく》は食えぬ、という江戸っ子が生まれた時代である。

しかし、若い川島も意地になった。

「娘のふしだらは、親のしつけに責任があると申しておるのだ」

「ふしだら？　そんな、あなたさまが娘の何をご存じなのですか」

そのとき冷たい風が夜空に、ひゅううっ、と唸《うな》り、土間と番所の間で睨《にら》み合う鹿取屋と川島を、ぶるっ、とふるえあがらせた。

第一話　日本橋《にほんばし》

一

北町奉行所同心・日暮龍平は今年、三十歳になる。

そろそろ中堅どころの年齢になって、まだ担当掛のない平同心なのにはわけがあった。

龍平は、水道橋《すいどうばし》三崎稲荷《みさきいなり》の稲荷小路に屋敷をもつ公儀番方小十人組《こじゅうにんぐみ》旗本・沢《さわ》木七郎兵衛《きしちろべえ》の三男である。

小十人組はせいぜい百俵扶持《ぶち》以下の微禄《びろく》である。

だが百俵扶持の微禄であっても旗本はお目見《めみえ》以上の譜代《ふだい》であり、一代抱え知《ち》行《ぎょう》二百石取りの町方与力よりも家格は上だ。

貧乏旗本の部屋住みとはいえ譜代の家柄の龍平に、その与力より下役の町方同心の日暮家との縁談が持ちあがったのは、七年前、二十三歳の春だった。

話がきたとき、沢木家では父方母方両家の親戚が集まってひと悶着《もんちゃく》あった。

この縁談は三河《みかわ》よりの譜代の、沢木家の体面にかかわる。

二百石取りの与力ならまだしも、相手はわずか三十俵二人扶持の軽輩《けいはい》の、ましてや町方の不浄役人に、いくら龍平でもそれはなかろうと。

だいたい、八丁堀《はっちょうぼり》の町方同心というのは腰に刀は差しておるが、町人なのか侍なのか。そんな鵺《ぬえ》みたいな侍に身を落とすなら、いっそ武士を捨て商人《あきんど》の道を目指した方がまだ潔《いさぎよ》い。

龍平は頭がいいから、商いの道でも町人ごときに負けるはずがない。

両家の親戚が言いたい放題の中、縁談を進めたのは、

「部屋住みでくすぶっているよりは、ましでしょう」

と龍平が父母に言った、そのひと言だった。

「おまえは、学問の道か剣の道で己《おのれ》の身を立てるのだ」

貧乏旗本の父・七郎兵衛は、三男坊の龍平にそう諭《さと》し、龍平自身も子供のころから「そういうものか」と子供なりに腹を括《くく》って学問と剣術に励《はげ》んできた。

学問は浜町《はまちょう》の佐藤満斎《さとうまんさい》先生の私塾から始まり、剣術は七歳の春より日本橋《にほんばし》の小野派一刀流《おのはいっとうりゅう》道場に通い腕を磨いた。

龍平の剣の技量が、まるで天啓《てんけい》を受けたかのような、周囲も目を瞠《みは》る飛躍を見せ始めたのは、十代の半ば、佐藤満斎先生の私塾から湯島《ゆしま》の昌平黌《しょうへいこう》へ移り、背丈が急に伸び始めたころからだった。

すぐに師範代の補佐を務めるほどになり、十代の終わりには、すでに大家《たいけ》の剣術指南役の声がかかってもおかしくないと誰もが認める域に達していた。

にもかかわらず龍平は、日暮家に婿《むこ》入りの話がきたとき、「この話、受けよう」とためらいもなく決めていた。

世の中、こうしたもんだろう。

龍平は冷めて思っていたし、それ以上の言葉にはならないけれども、これも面白いではないかと、琴線《きんせん》にふれるものがあったからかもしれない。

ともかくもそうして七年前の三月、龍平は日暮家に婿入りした。

己の妻となる日暮家のひとり娘・麻奈の年が自分と同じ二十三歳という以外、容貌も気だても縁談が持ちあがった経緯《いきさつ》も知らないままにだ。

八丁堀の日暮家の組屋敷に両家の親戚だけが集まって、龍平と麻奈とのささやかな婚儀をとりおこなった。

婚儀がすんでほどなく、舅《しゅうと》・日暮達広《たつひろ》は相番年寄同心をもって支配与力に婿の龍平への番代わりを申し出た。

数日後、支配与力・花沢虎ノ助《はなざわとらのすけ》の宅に呼ばれ、龍平は達広に代わって同心勤めを申し渡され、翌四月、龍平の北町奉行所勤めが始まったのである。

本来なら当分見習、となるところを二十三歳の年と旗本の血筋を考慮し、見習は免除され、いきなり本勤並《ほんづとめなみ》の平同心を命じられた。

勤めに出始めた当初は、見習の少年らに手ほどきを受けながら仕事をこなしていかなければならず、慣れない龍平にとって気疲れのする毎日だった。

そのうえ、旗本の血筋ということも、役格同心、同輩同心らの「旗本だからって手加減はしないよ」という嫌《いや》がらせの恰好《かっこう》の材料になった。

「ひぐれ、明日はお成りの警備だ。もたもたするんじゃねえぞ」

「引き廻し見分役、ひぐれ、いってきな。勉強になるぜ」

「ひぐれ、本日は、お鷹野お道の見分役に従え」

みなが嫌がるもろもろの雑用のほかに、くたびれる宿直《とのい》役は、誰か病欠が出るとひぐれにやらせろ、ふうな風潮ができあがってさえいた。

だが、勤めに慣れてくるに従って、龍平は雑用役をやらされることを苦にしなくなっていた。

むしろ「承知いたしました」と、進んで役目についた。

上長の与力の命令に下僚の同心が従う勤めに難しいことは何もなかったし、町方に就いて江戸庶民の生き生きとした暮らしに接してみると、仕事をしている充実が感じられたからだ。

町方の仕事には、昌平黌へ通っていたときや道場でひたすら剣技の深淵《しんえん》に己を埋没させていたときには感じられなかった、生身の人間の蠢《うごめ》く世間にふれている息吹《いぶ》きのようなものを覚えていた。

《案外おれの性に合っている》

と、龍平が思うのに半年もかからなかった。

龍平は役目に諄々《じゅんじゅん》と従い、その日その日のどんな雑用にもやり甲斐《がい》を覚え、どこか楽しげにすら果たしてきた。

そうして、気がついたら足かけ八年がたっていた。

平同心から始まったが、八年がたっても龍平は平同心のままだった。

むろん、奉行所内では、ひょろりとした痩軀《そうく》で柔和《にゅうわ》な風貌の龍平が、小野派一刀流の剣の技量を備えていることを知る者はほとんどいない。
知られる必要もない。
世の中、こうしたもんだろう。
足かけ八年目になっても、相変わらずそんなふうに思っている。
ひぐれは妙な男だ。
雑用をやらせたら、ひぐれにかなう男はいないね。
揶揄《やゆ》をにじませて、同僚らは陰で笑った。
《その日暮らしの龍平》
という綽名《あだな》がついていることは、本人の龍平もむろん知っている。
《はは……日暮ではなく、その日暮らしか。面白いことを言う》
と己の綽名を感心するような男でもあった。

ただ龍平にも、こうしたもんだろう、と思えないことがひとつあった。

意外なことに、妻の麻奈の器量がよかったのである。

姑《しゅうとめ》の鈴与《すずよ》譲りの、女にしては上背のある細身に地味な目鼻だちだが、色白のやや面長《おもなが》な顔を初めて見たとき、龍平は思わず、本当にこの女なのかと、周囲を盗み見ていた。

侍なのか町人なのかもはっきりしない鵺みたいな町方同心の娘である。そのうえ、二十三歳まで嫁のもらい手もなく婿をとるでもない。さぞかし、男に見向きもされず、いかず後家になりかけのおかめなのだろう。

そう思いこんでいたのが、違う。

いくぶん吊《つ》りあがった切れ長の目でいきなり見つめられ、どきりとしたことや、婚儀の夜、麻奈にいきなりにこっとされ、まごついたことを覚えている。

暮らしてみると、麻奈は多少頑固なところのある女だとわかった。

なよなよした女らしさにも欠ける。

けれどもそれらは、筋を通すさっぱりした性格からくるらしく、嫌みなところがない。

家事をこなすのにも気が利《き》いている。

気だてもまずまずだし、何よりも平同心のままの龍平に不満を言ったり、早く役についてくださいと、せっつかないのが意外だった。

では、なぜおれだったのだ。

旗本の血筋と縁を結んで、家格をあげようということか。

《あり得ん》
貧乏旗本にそんなものを求めても役にたたないことは明らかである。
諸大名や有力町家からの五節供《ごせっく》のつけ届けや礼金の分配金のお陰《かげ》だが、町方役人の暮らしの豊かさは、小十人の貧乏旗本と比べれば天地の開きがある。
何よりも、不浄役人と揶揄される町方与力と同心の気位と誇りは高く、旗本がどうしたという気概にあふれている。
なら、麻奈がどこかでおれを知っていて、見初《みそ》めたというのか。
《それもあり得ん》
龍平には、十代の終わりごろ、同じ貧乏旗本の次男坊三男坊らの部屋住み仲間と、上野広小路《うえのひろこうじ》の岡場所へ女郎を買いにいったあの甘酸っぱい体験以外、女との縁は全くないと言ってよかった。
《不思議な縁だ》
と、龍平はときどき考えることがあった。考えるたびに、
《まあいい、いつか本人に訊《き》いてみよう》
とそのままにしてきたのだった。
その間に長男の俊太郎《しゅんたろう》が五年前に生まれ、もうすぐ二人目が生まれようとして

いる。

二

翌朝は、晩秋のうららかな日が差した。

龍平は昨夜の宿直の続きで、そのまま昼の勤めについていた。

昨夜は当番ではないのに宿直の代わりを言いつけられ、明けた今日は通常の勤めである。

数日中にお成街道《なりかいどう》警備の報告書をまとめるようにと、支配与力で市中取締掛の花沢虎ノ助に指示されていた。

お成街道警備の人員配置をあらためる予定らしく、その素案作りである。

身重《みおも》の麻奈の状態が気になっていたところへ、

「ひぐれ、日暮龍平はいるかい」

名前を呼ばれて、書案《しょあん》から顔をあげた。

同心詰所の出入り口の襖《ふすま》を開け、定町廻《じょうまちまわ》り方同心・富永真兵衛が龍平を探していた。

「おお、ひぐれ、ちょいと頼みてえことがある。きてくれ」

富永は龍平の返事も待たず、くるりと背中を向けて両手を袖《そで》に隠した。

富永は四十三歳、奉行直属の定町廻り方の腕利《うでき》きと評判の同心である。

腕利きの評判が高いと、お出入りを願う町家が多く、当然、ただでお出入りは願えないから、つけ届けの余禄も増える。

それがまた富永の羽ぶりをよくし、町奉行所花形の吟味方よりも町家では顔が利くと一目《いちもく》おかれ、北町に富永真兵衛ありと評判の廻り方だった。

その富永に従い、表門の通りを隔《へだ》てた腰かけ茶屋の低い軒《のき》を潜《くぐ》った。

公事《くじ》の順番を待つ公事人はまだいない。

「おやじ、ちょっとの間、借りるぜ」

富永は龍平にかけるように顎《あご》で指示し、自分もかけて、鞘《さや》ごと抜いた刀を杖《つえ》代わりについた。

そして足を組み、紺足袋《こんたび》の指に引っかけた雪駄《せった》をゆらした。

おやじが茶を出し、「おう」と富永はひと声かけて茶をずるっとすすった。

「ご用件は、なんでしょうか」

龍平がきり出すと、富永は、ふふん、とおかしそうな顔つきをした。

「ひぐれは、その日暮らし、と綽名がついてるのは知ってるかい」

「はあ。その日その日に命じられた雑用で一日を送っている平同心なので、日暮の名にかけて、その日暮らしのようです」

「平同心はいくらもいるのに、あんただけその日暮らしは、あんたが旗本の出なもんで、からかいたくなるんだろうな。それにしても、旗本の者が町方同心の家によく婿入りする気になったじゃねえか」

「小十人の貧乏旗本ですし、しかもわたしは部屋住みでしたから」

「部屋住みより、町方同心の方がましかい」

「その日暮らしでも、食い扶持を己自身で稼げるのはありがたいですね」

「それに、お麻奈ちゃんも美人だしな」

龍平は答えられず、戸惑った。

「ふふ……おれたちは八丁堀育ちだから、みんな子供のころからの顔見知りなんだぜ。子供のころから可愛《かわい》い子だった。一年ばかし前、道であんたの倅《せがれ》を連れてるお麻奈ちゃんと出会ってさ。年増《としま》のいいお内儀《ないぎ》になってたねえ。年ごろの連中はお麻奈ちゃんを嫁にと狙《ねら》ってたが、美人のうえに学問なんぞを修めてる男勝りな気質なもんだから、みな怖気《おじけ》づいちゃってよ。嫁ぎ先も婿のきても、長いこと決まらなかったところへ、あんたに持ってかれちまった。だから、旗本の血筋にお麻奈ちゃんをさらわれたと、悔《くや》しがってたやつが大勢いたぜ。やっぱり、あんたも婿入りはお麻奈ちゃんの器量が、大いに決め手になったんだろう？」

「いえ。婚儀をあげるまで、そういうことは知りませんでした」

「知らずに婿入りかい。へえ……それであのお麻奈ちゃんとうまくやっていけてるんだから、ひぐれも古風な男だねえ」

富永は茶碗をまたすすり、煙管《キセル》を咥《くわ》え、一服を始めた。

「あの、ご用件をお聞かせください」

「ふむ。その古風な男のひぐれを見こんで、頼みたいんだ……」

富永は灰吹《はいぶ》きに煙管の灰を吹いた。

「夕べ、堀留町の鹿取屋忠治郎が奉行所にきたそうだな」

「はい。添役の町名主の堺屋庄之助とともに、昨夜四ツ近くになってまいりました」

「じゃあ、鹿取屋がなんできたかはわかってるな」

「はい。娘の萌が川太郎という船頭に誘拐《かどわか》されたので、救い出して欲しいという訴えでした。実状は少し違ってるようですが」

「鹿取屋にはな、頭に血がのぼった娘が冷静になるまで様子を見るしかねえと言ってやったんだ。なのによ、ふしだらな娘でも可愛くってならねえ親馬鹿ぶりで、娘への可愛さあまって男は憎さ百倍ときたから、川太郎も災難だ」

「川太郎という船頭をご存じなので」

「一度会ったことがある。変わってるが見た目は女にもてそうないい男だ。娘の方が熱をあげて、川太郎の裏店《うらだな》へ押しかけたらしい」

富永は、ひひ……と下卑《げび》た笑いを浮かべた。

「鹿取屋は納得して、引きあげたのかい」

「それが、当番方の川島さまが訴状のないことを指摘され、訴えを退けられましたので、鹿取屋はそれが不快だったらしく少し言い争いになりました。添役の堺屋になだめられて不承ぶしょう、という様子に見えました」

「川島か。あのひよっこが……」

富永は昨夜の当番与力・川島英十郎を侮《あなど》って呼び捨てにした。

「鹿取屋は老舗《しにせ》の菓子問屋だが、堀留界隈《かいわい》の土地持ちでな。名主の堺屋より古い家柄で、じつは堺屋の方が使用人筋にあたる相当な金持ちなのさ。当然、御番所にも身代相応のかかわりがある。どういう意味かわかるかい」

「つけ届け、ですか」

龍平が答え、富永の横顔が頷《うなず》いた。

「川島あたりの餓鬼《がき》はそこらへんの呼吸が呑《の》みこめねえから困るよ。訴えの趣《おもむき》は相わかった、しかるべく処置をするとあしらっといて、後でおれにひと言、言ってくれりゃあ簡単なのにさ。なまじっか餓鬼に任《まか》せて突っぱられると、後始末がやっかいだ。年寄の岐部がとりなせばいいものを、あいつも馬鹿だから、妙に川島の肩を持ちやがって……」

「わたしが、何をすればよろしいのですか」

「ふむ、ひぐれが娘を鹿取屋に戻してやってくれねえか。かっさらってでも、川太郎にちょいと威《おど》しをかけるのでも、あるいは二人にこんこんと言い聞かせるのでも、やり方はあんたに任せる。ただし、娘は無傷でな」

龍平は黙っていた。

「とにかく一度、娘をとり戻せば言いわけがたつ。後はどうなろうと鹿取屋の責任だ。娘に男と心中でもされた日にゃあ、老舗の名に傷がつきやすすぜと、言ってやりたいところだがな」

しかし、本当に心中沙汰《ざた》になれば、娘を男から引き離した龍平にも「無理やりなことをするから……」と非難の目が向くだろう。

「鹿取屋が急かなきゃあおれがやるんだが、今、別の一件で手が廻らねえんだ。みんな鹿取屋のかかわりではしくじりたくねえもんだから、仕事を口実にやりたがらねえ。といって頭の悪い餓鬼に頼める話でもねえ。そこでひぐれだよ。役づきの責任ある立場じゃねえし、頭は使える」

抜けぬけと富永は言った。

つまりしくじっても、平同心のおれなら降格の心配がないってことか。

「やりかけの仕事があるんです」

龍平は、お成街道警備の報告書作りにかかっている事情を話した。

「花沢さんが？　暇なおっさんだね。あのおっさんは報告書を作ってりゃあ仕事をした気になってんだ。いいから、そんなのほっとけ。いいか、ひぐれ」

富永は急に声を潜《せ》めた。

「この役目は年番方《ねんばんかた》筆頭の福澤兼弘さまも承知してる御番所の正式な仕事なんだと思え。福澤さまもひぐれならいいかもしれんと言っていた。上は案外あんたのことを買ってるみたいだぜ。それとな……この役目が上手《うま》く運んだら、たぶん、鹿取屋から相応の感謝のしるしが、ひぐれにもあると思うよ」

はあ、感謝のしるしですか、と龍平は浮かない気分で思った。

役目が果たせるかどうかより、人の色恋沙汰に口を挟《はさ》む野暮な役割が、何かしら女々《めめ》しい。

親の言うことさえ聞かない娘が、他人の言うことを聞くわけがない。

龍平は、午前の日が落ちる奉行所表門の通りに漫然と視線をなげた。

三

日本橋川から思案橋《しあん》を潜った入り堀に分かれた堀留の、堀留町二丁目に老舗の菓子問屋・鹿取屋忠治郎の店がある。

東西へ伸びた通りの角地の間口二十数間《けん》（約四十メートル）の店がまえに、鹿と忠の屋号を白く抜いた鶯《うぐいす》色の日除け暖簾《ひよれん》がぐるりとさがっている。

店がまえの屋根の向こうに並んだ三棟の蔵の白壁や、甍《いらか》の上に枝葉を伸ばした椎《しい》の巨木が、老舗の年輪と風格を物語っていた。

龍平は奉行所の中間《ちゅうげん》を従えていなかった。

隠密《おんみつ》の役目ではないけれど、有力者とはいえ一商人《あきんど》の家庭内のごたごたに公儀の町方役人が首を突っこむのだから、大っぴらにはしにくい。

それに考えてみれば、富永のやり残した仕事の尻拭《しりぬぐ》いにすぎない。

龍平は荷物を搬入する人足や荷車の出入りが賑《にぎ》やかな裏門で案内を乞《こ》い、女中に導かれ、広い庭のある客座敷へぶらりと通った。

しかし鹿取屋忠治郎は、龍平のそんな身軽さが意外だったらしい。

上等の茶菓を前に、客座敷にひとりぽつんと座っている龍平を見て、

「え？　おひとりで、ございますか」

と、露骨に落胆の表情を浮かべた。

それも、夕べ番所で宿直をしていた下っ端《ぱ》の同心ではないか。

ひょろりとした頼りなさそうなのを寄越《よこ》したなと、目が言っていた。

鹿取屋の後ろに従った色艶《いろつや》のいい小太りの女房が、

「娘萌が無事に戻れますよう、お取りはからいをお願いいたします」

とこれはそう落胆も見せず、愛想よく畳に手をついた。

「やってみます」

龍平の心もとない答えが、鹿取屋にはまた気に入らないらしかった。

小指の先で頭髪をかきながら、ずいぶん鹿取屋忠治郎も軽く見られたもんだ

ね、とでも言いたげなため息をついた。

龍平にしても、野暮だよな、と引け目を感じるものだから、本題に入らず、手入れのいき届いた庭をほめたり、床の間の掛軸の絵筆が「どちらの先生で」など
と訊《たず》ねたりしていると、鹿取屋が我慢しきれず、

「それででございますね、萌はいつごろ戻ってまいりましょうか」

と、娘の心配と龍平への不信がまじった複雑な表情を向けた。

そうですねと、龍平は首をひねった。

「鹿取屋さん、娘さんをとり戻したいと望まれるなら、本当の事情を教えてくれませんか。夕べの訴えだと、鹿取屋さんは娘さんが川太郎という船頭に誘拐《かどわか》されたと仰《おつしや》ってましたね。これから二人に会いにいきますが、それが本当かそうでないかで会い方が違ってきます。こっちが心得違いをしていたら、進む話も進まないのではないですか」

鹿取屋は肉づきのいい頬《ほお》をふくらませた。

龍平の理屈が不満なのだ。

うじゃうじゃ言わずにさっさと連れ戻せ、と言いたいのだろう。

あなた……と女房が亭主の背中を促した。

「やれやれ、御番所の手続きは難しゅうございますなあ」

と鹿取屋はいくぶん嫌みをこめ、視線を明るい庭へ泳がせた。

庭では冬雀が数羽、姦《かしま》しく飛び交っている。

「人によっては異なった見方をなさる方もいらっしゃるでしょう」

鹿取屋は膝《ひざ》に手をおき、指先を小刻みに動かした。

「傍《はた》から見ればそうかもしれませんが、わたしは傍から見ているのじゃありません。萌をまっすぐ見、育ててきたんです。親として、この手で……」

鹿取屋が語った事情は、複雑なものではなかった。

五年前、金持ちの若い娘が父親の仕事のとり引き先の招きで、金杉橋の船宿から家族とともに船遊びをした。

多感な娘は、その折りに船頭を務めた若い男をにくからず思った。

それから季節ごとに、春は桜、秋は月見や紅葉、と娘と家族は招かれて船遊びを楽しみ、そのつど船頭は同じ若い男だった。

二人は親しく言葉を交わす間柄になり、娘の成長とともに、気持ちは恋心へ育っていった。

若い男女のありがちな恋だった。

けれども、娘が年ごろになって、貧しい船頭に思いを寄せている娘の気持ちを知った父親は、まさかと驚き、誇りを傷つけられた。

由緒ある老舗の、大名や大家の御用達《ごようたし》を務める菓子問屋の跡とり娘が、素性《すじょう》の知れない船頭を恋い慕うなど、とうてい受け入れられるものではなかった。

父親には許しがたく、あってはならない娘の恋だった。

父親は娘を諭し、なおかつ乳母《うば》や女中に娘の厳重な監視を命じた。

しかし一途《いちず》な思いにかられた娘は、父親の言うことは聞かず、乳母や女中の監視の目を潜り、家を出て船頭の元へと走った。

それがこのごたごたの始まりだった。

父親は、家名に泥を塗られたと、娘ではなく船頭を責めた。

「川太郎めが、萌をたぶらかし、誘拐したのでございます。萌は今ごろ、あの破落戸《ごろつき》にどんなひどい目に遭《あ》わされていることでございましょう」

と鹿取屋は龍平に繰りかえし、怒りに身をふるわせた。

千鳥が古川の川面《かわも》を飛び交っていた。

龍平の乗った猪牙《ちょき》は、古川の河口から金杉橋の河岸場《かしば》近くまでさかのぼった。

河岸場には日除け船や猪牙、人足が荷物をおろしている荷足り船《にたり》、それに金杉の市場へ獲った魚をおろす漁師船も、昼の日差しの下に舫《もや》っていた。

船宿の万年家の看板行燈《あんどん》が雁木《がんぎ》の下にたててあり、川中に出ている歩みの板が見えた。

雁木のすぐ上は万年家の店土間になっているらしく、人足がのぼりおりしている。

雁木の手前に日除け船が舫っていて、舳先《へさき》の板子《いたご》に座っている丸顔の男と目が合った。

男は龍平に頭をさげた。

男は船頭らしく、細縞《ほそじま》の半纏《はんてん》を細帯で締《し》め、下は黒の胴着と黒の股引《ももひき》黒足袋《くろたび》に草鞋《わらじ》がけっこういなせだった。

年は龍平より少し若いぐらいか、胡座《あぐら》をかいた片方の膝を立て、水押《みおし》のしころがねにゆったりと凭《もた》れていた。

口には火の消えた煙管を咥《くわ》え、昼の青空を見あげている。

日に焼けて月代《さかやき》が伸び、怠惰《たいだ》なふうを見せてはいるものの、くりくりとした目にちょっと愛嬌《あいきよう》があった。

龍平は滑《なめ》らかに桟橋へ近づいていく猪牙に身を任せたまま、「よう」と男の愛嬌ある目に会釈をかえした。

「このあたりにも、千鳥が飛んでくるんだね」

「そりゃあ飛びまさあ。鳥は自由だ。いきたいとこへ、飛んでいきまさあ」

男は猪牙から桟橋にあがる龍平の動きを、目で追っていた。

「兄《にい》さん、ここで何をしてるんだい」

「何って、空を眺めてますのさ」

「空には、何が見えるんだ」

「そうでやすね。あっしには遠い他国が見えやす」

男は煙管を指に挟《はさ》んでくるくる回しながら、屋根船へ近づく龍平から目をそらさなかった。

「兄さんは、遠い他国へ旅したことがあるのかい」

「うんにゃ。あの世へいきかけたことは、あるけどね」

龍平は男と顔を見合わせて笑った。

「兄さん、万年家の船頭かい」

「そうでやす。万年家にご用なら、そこをあがって店の戸を開けて、ご用だってひと声かけりゃ、女将《おかみ》さんが下駄を鳴らして鳥のように飛んできやすぜ」

「女将に用じゃなくて、川太郎って船頭がいると聞いたんだが」

「川太郎なら、あっしでさ」

「やっぱりな。そうではないかと思ってた」

「あっしも、旦那《だんな》が猪牙で川をのぼってきたときから、あっしに用じゃねえかなと、思ってやした」

悪くない。この男となら話せそうだ。

龍平は少し嬉《うれ》しくなった。

「じゃあ、おれがなんの用であんたに会いにきたか、わかるか」

川太郎は、愛嬌のある笑みを絶やさず答えた。

「萌のことでやしょう。連れていきなせえ。そこの東左衛門店《だな》の奥の端だ」

川太郎は川端の朽《く》ちかけた破《や》れ板塀の見える裏店の一角を、煙管で指した。

「いいのか」

「いいんでさ。あんな裏店にお嬢さんは似合わねえ。連れていきなせえ」

「簡単だな。娘に未練はないのか」

「未練？　未練があろうがなかろうが、そんなものどうだっていいんでさあ」

「二人で話し合って、それからでもいいんだぞ」

「おれの決めるこっちゃねえ。萌とおれは生きてきた世間が違う。おれは気ままに吹く風みたいな男でさあ。そんな風に吹かれたら、萌が不幸になるだけでさあ。早く誰かきて、連れてってくれと、思ってやした」

川太郎は空に顔を向け、吹く風に黒い豊かな髪をなびかせた。

せいせいするぜと、そんな表情に見えた。

物寂しい午後の光が、川太郎の周りにただよっていた。

「川太郎、お客さんだよ。深川洲崎《ふかがわすさき》まで、頼むよ」

客を案内して雁木をおりてきた万年家の女将が、鳥のような声をかけた。

あいよ――と川太郎は煙管を船端に打ちつけ、灰を落とした。

立ちあがると、隆《りゆう》とした体軀《たいく》だった。

艫綱《ともづな》をといて、船を出す準備を始めながら言った。

「旦那、萌によろしく言っといてくだせえ。達者で暮らせと」

女将が年配の女と供の下女らしき女を案内して、歩みの板を鳴らした。

客は龍平に頭をさげ、ごとごとと船に乗りこんでいく。

龍平は川太郎が竿《さお》をあやつって、「せえいっ」とひと声、船を歩みの板から引き離し、川中へ押し出す様子を見送った。

四

東左衛門店の萌は白い頰《ほお》を紅潮させて、龍平から顔をそむけていた。十九歳の胸もとの高ぶった呼吸に合わせて波打つさまが、娘盛りの初々《ういうい》しさと熱い命を、九尺二間《くしやくにけん》の薄汚れた住まいに、可憐《かれん》な白い花が咲いたように息づかせていた。

薄茶の小花を散らした紺紬《こんつむぎ》に臙脂《えんじ》の太帯をゆるみなく締め、わざと年増《としま》ふうに結《ゆ》った島田が、かえって萌の危うい若さを引き立てていた。

龍平は、板敷もない四畳半ひと間の土間からのあがり端《はな》にかけていた。萌は部屋の中ほどに座り、枕屏風《まくらびようぶ》に土火鉢、柳行李《やなぎごうり》ひとつに煤《すす》けた角《かく》行燈が寒々としていた。

確かに鹿取屋がこれを見たら、放っておけないかもしれんな。

龍平は無駄《むだ》と知りつつ言った。

「……やっぱり、だめかなぁ」

「いやです。わたし、帰りません」

萌も同じ言葉を繰りかえした。

「お役人さまには申しわけありませんけれど、わたしは川太郎さんの女房になったんです。あの人の苦労なら、わかち合いたいと思っているんです」

「そうは言っても、あんたは貧乏がどういうものかを知らずに育った。好いた惚《ほ》れたで貧乏が楽になるわけではない。ご両親の心配は、川太郎がどんな男かよりそこにあると思うんだ。親なら、自分の娘に辛《つら》い思いはさせたくないのがあたり前さ」

前の路地を通る住人が家の中をのぞき、会釈していく。

「お父っつぁんとおっ母さんに育ててもらった恩は忘れないし、あたしの身を案じてくれる気持ちを思うと胸が痛みます。家を出る前、ずっと考えました。食べる物にも困るくらいの貧乏をするんだろうなあって」

おかみさんたちのひそひそ声が、路地から聞こえた。

「けど考えてわかったことは、あの人が貧乏で辛い思いをしてるのが、わたしにも辛くて、あの人が悲しい思いをしてるのが、わたしにも悲しいということでした。そしたら気づいたんです。わたしにはあの人が必要なんだって。あの人が好きになってしまったんだから家を出るしかないって、そう思ったんです」

龍平は言葉もなく、路地の日溜《ひだま》りへ顔を向けていた。

若い男女の、かっと血がのぼって己を見失った色恋沙汰の家出騒ぎかと思っていたら、川太郎も萌も冷めた目で自分を見据えている。

人を好きになるということは、こういうことなのだろう。

自分のことより、好きな人のために生きたくなる。

なるほど、人が好きになって始まる世間もあるってことだな。

龍平にも、そういうことがわかるようになった。

「よけいなお世話なのはわかっているが、これも役目でな。あんたらの気持ちはわかった。川太郎はあんたのことをよく考えていた。いい男だったよ」

龍平は腰をあげ、刀を腰に差しながら言った。

「あんたらにもご両親にも、納得できる道が見つかればいいんだがな。ご両親に何か、伝えることはないか」

萌は畳に手をつき、幼い娘のような笑みを見せた。

「お役目、ご苦労さまでございます。ついでの折りがございましたら、萌はつつがなく元気で暮らしておりますと、お伝えいただければ……」

「言っとこう」

龍平はすがすがしい気分で、東左衛門店を出た。

茜《あかね》色の夕暮れの光が、龍平の黒羽織《くろばおり》を撫でた。

人の往来や町家の表の様子に、そろそろ店仕舞《じま》いの刻限の慌《あわ》ただしさがうかがえる。

九月も晦日《みそか》が近く、朝夕はめっきり冷えてきた。

冬が近い。

龍平は絡みつく冷気を払うように、肩をゆすった。

神田堀《かんだぼり》に架かる乞食《こじき》橋を渡り、永富《ながとみ》町と新石《しんこく》町の町境を通る新道を北へとって竪大工《たてだいく》町に差しかかる。

その先に《梅宮《うめみや》》と記した表の油障子が、夕刻の通りへ両開きに開いている。

表戸の前の道を、長着《ながぎ》を裾端折《すそはしょ》りにした若い男が神田箒《ぼうき》で掃《は》いていた。

「寛一《かんいち》、あまり精が出ぬようだな」

ふりかえった男がだらだらと箒を動かす手を止め、茜色の光の中で笑った。

「旦那。ここんとこ、お見限りで」

龍平は、梅宮の店先の土間でまだ順番待ちをしているらしい客へ一瞥《いちべつ》を投げ、寛一へ戻した。

「相変わらず忙しそうだな。寛一は応対しなくていいのか」

「おれはこればっかかだよ。親父がおめえはまだ修業の身だからって、雑用しかやらせねえんだ。こんなんで修業になるわけねえだろうっつうの」

「その精の出ぬありさまでは、確かにまだ修業にはなってなさそうだ」

「で、やんしょう？」

「親分はいるかな。ちょいとお目にかかりたいんだが」

「親父は奥でもう一杯やっておりやす。どうぞ、旦那、とにかく中へ」

と寛一に導かれ、龍平は店の軒を潜った。

客座敷へ通されてほどなく、縞《しま》の袷《あわせ》を着流した口入れ稼業・梅宮の主人の宮三《みやぞう》が寛一を従え、機嫌のいい赤い顔で現れた。

「旦那、わざわざのお運び、おそれ入りやす。お内儀さまのお身体の方は、順調でございやすか。もうそろそろじゃあ、ございやせんか」

「ああ。ここ二、三日なんだけどね。昨夜も宿直を命じられて家に帰ってないんだ。産まれたら知らせがくるだろうから、まだのようだが」

「そいつあ、ご心配でやすねえ。じゃあ、せっかくお見えいただいたのに、ゆっくりしてもらうわけにも、いきやせんねえ……」

「うん、今日はやめとく。ゆっくりできるときにやろう。それはおいて、また親分に調べてほしい男がいるんだ」

「へい。任してくだせえ。たとえ地獄のことでも、旦那のお指図があれば、調べてまいりやすよ」

「地獄まで足を伸ばさなくてもいい。金杉橋の船宿だ」

龍平がひょいと答え、宮三はにやりと笑った。

「古川の金杉橋に万年家という船宿がある、そこで船頭をしている川太郎という若い男だ。背が高くて、見た目は……」

龍平は昨夜の出来事から、富永真兵衛の指示で、鹿取屋忠治郎、船宿・万年家の川太郎、東左衛門店の萌に会ってきた経緯を話した。

「若い者の一途な心を、大人がなぶっちゃあ、いけやせんやねえ」

世間の酸《す》いも甘いも嚙《か》み分けた宮三は、龍平の話を聞いて小首をひねった。

「飲みこめやした。川太郎という男、確かに面白そうだ。それから鹿取屋がどんな親父か、そっちの事情もちょいと探ってみやしょう」

五

神田竪大工町・梅宮の主人の宮三は、旗本・沢木家の半季かせいぜい一季の奉公人の斡旋《あっせん》で、龍平が子供のころから水道橋稲荷小路の屋敷に出入りする口入れ業者である。

出入りと言ってもたいした稼ぎにはならない小十人組の貧乏旗本なのに、宮三はよく屋敷に顔を出し、父を殿さまと呼んでいた。

龍平が宮三を親分と呼ぶのは、口入れ稼業という仕事がら世間の表側のみならず裏側にも通じている顔利きということもあるが、父親の七郎兵衛が宮三を親分と呼んでいたため龍平も自然とそれにならったためだ。

後で知ったことだが、父は奉公人の斡旋料や給金の支払いなどで、一時期、宮三にたて替えてもらっていたことがあったらしい。

父も殿さまと呼ばれながら、宮三に頭があがらなかったのだろう。

そんなことは微塵《みじん》も知らなかった龍平は、幼いころ、宮三の家へしばしば遊びにいった記憶がある。

成長してからも、私塾や昌平黌、日本橋の道場に通う帰り、竪大工町に寄り道し、宮三一家みたいな顔をして飯を食って帰ったりもした。

三男坊という気楽さもあったせいか、両親もうるさくは言わなかった。

思えば宮三は、部屋住みの龍平に同情していたのかもしれない。

昔は龍平を「坊っちゃん」と呼び、こっそり小遣いまでくれたこともある。

龍平が北町奉行所同心の家へ婿入りが決まったとき、親戚や知人の多くや二人の兄までがみっともないという態度をとるなか、

「さすがは坊っちゃん、目のつけどころが違う。今は町方は江戸の花形ですぜ」

と、宮三だけが言ってくれた。

多分に、龍平が侍とも町人ともつかぬ鵺みたいな八丁堀同心になることへ抵抗を感じなかったのは、宮三との長いふれ合いの影響があった。

同心になった龍平は宮三から、口入れ稼業の人脈や顔の広さを生かしたさまざまな協力を、陰《いん》に陽《よう》に得てきた。

広い人脈を使った噂《うわさ》集め、人捜し、殊《こと》に人手のいるお成街道の警備などの平同心の仕事は、新米のころの龍平はずいぶん助けられたものだ。

寛一はそんな宮三の不肖の倅である。今年十七のいい歳《とし》だが、親が頭を悩ます

ぐうたらのぼんくら息子である。

「こんなやつだが、遠慮なく使ってやってくだせえ。口入れ稼業は町に出て人をようく見、ようく聞き、細かに噂を拾い、世間にまみれてなんぼの人を動かす商いだ。きっと旦那の務めにも少しは役だつでしょうし、こいつの修業にもなりやすから」

　と宮三は言う。

　寛一も龍平を兄貴のように慕っていて、親父の宮三の言うことにはふてくされても、龍平の指図ならどこへでも飛び出していく。

　龍平が町奉行所同心役に就いたときから勝手に手先になったつもりで、龍平の呼び名も《龍ちゃん》だったのが、実際に龍平の手先を務めるようになった近ごろでは《旦那》と呼ぶようになっていた。


　暮れ六ツ（午後六時頃）前、八丁堀の組屋敷へ戻ると家の中がなんとなく慌ただしかった。

　姑の鈴与が襷《たすき》がけで足早に出てきて、慣れた口調で龍平に言った。

「龍平さん、もうすぐですよ。産まれますよ。あなたは松助《まつすけ》とお湯を……」

った。


「はい。承知しました」

一刻《とき》（約二時間）後、産婆がとりあげた赤ん坊は、白い玉のような女の子であった。

六

その翌日、龍平は寛一を手先に従え、呉服橋から賑やかな日本橋通りを南へとって京橋、新橋を渡り、芝口《しばぐち》からさらに南へ金杉橋の河岸場へと向かった。

寛一は、十代の若者らしいと言えば言えるが、ちょっと明るすぎる萌黄《もえぎ》の羽織の裾を意気揚々となびかせている風情《ふぜい》である。

だが空は、厚い雲が町を覆い、風が肌寒い朝だった。

金杉橋の袂《たもと》から川下へ万年家の桟橋を望むと、幾艘《そう》かが舫う中の一艘の日除け船の板子を、昨日とは違う半纏股引の川太郎が藁《わら》で磨いていた。

丁寧な規則正しい音が、鉛色に波だった川筋に細く聞こえた。

「あの男だよ」

「ひええ、朝っぱらから、寒そうでやすねえ」

寛一が冷たそうな川の水を汲《く》んでいる川太郎を見て言った。

遠目にも、川太郎のたくましい動きがわかった。

萌が人の言葉に従うとすれば、川太郎しかいない。

川太郎と膝を突き合わせて愚直に話し、川太郎から萌に日本橋の親元へ帰ることを口説《くど》く。今のところ、打てる手はそれぐらいしか思いつかなかった。

龍平が金杉橋の袂から声をかけようとしたときだった。

五人の着流しの男らが、雪駄の音も騒々しく桟橋を踏み鳴らし、川太郎のいる日除け船の側に群がるのが見えた。

艫《とも》と舳先《へさき》にひとりずつ乱暴に乗りこみ、桟橋側から三人の男が近づいた。

川太郎は日除け屋根の下で、腰をかがめたまま男らを見回した。

「川太郎……」

男の声が風の中を橋まで聞こえた。

川太郎が男と二、三言葉を交わし、また作業に戻るのが見えた。

凄《すご》んだ男のがらがら声が喚《わめ》き始めた。

「なんだ。あいつら。あの船頭に絡んでるみたいですぜ」

寛一が言ったとき、龍平はすでに駆け始めていた。

栈橋へ出るには、川堤の小路を回り、万年家の表から店の中を通り抜けて雁木をおりるしかない。

龍平は万年家へ駆けこんだ。

雁木のおり口で女将や使用人らが栈橋の不穏な様子をうかがっている。

「どいてくれっ」

女将や使用人らの間を抜けて、雁木を一気に飛びおりた。

栈橋を、だだだっ、と駆けながら刀を鞘《さや》ごと抜いた。

日除け船の艫で、三人の男と川太郎の拳《こぶし》の応酬が始まっていたからだ。

男らが怒鳴《どな》り、船がぐらぐらゆれている。

栈橋をふさいで立っている二人の男が、迫る龍平を見かえって、「あっ」と驚きの表情になった。

瞬間、龍平の一打がひとりの顔面を見舞《みま》い、かえす一撃をもうひとりの首筋に浴びせていた。

「たはぁ」

ひとりが叫んで栈橋から川へくずれ落ち、もうひとりがへなへなとうずくまったとき、川太郎が二人の男の首へ両腕を回して押さえ、三人目を長い足で蹴《け》り飛ばすのが見えた。

「わあっ」

広げた手足をばたつかせて宙を飛んだ男が、川面に派手な水飛沫《みずしぶき》をたてた。

続いて川太郎はひとりを首に腕を巻いたまま栈橋に投げ捨て、もうひとりの顔面に拳を続けて浴びせると、拳を浴びせられた男は泣き声をあげた。

栈橋の男がふらふらと立ちあがり、懐《ふところ》からどすを抜いた。

が、龍平が後ろからどすを握った腕に刀を叩きつけた。

男は「ああ腕が、腕が……」と喚きながら栈橋を転げた。

「昨日のお役人さまか」

川太郎は拳を止め、鼻血で顔が真っ赤になった男の首に巻いた腕をといた。

男は船から押し出され、栈橋へぐにゃりと倒れこんだ。

「あぶないところを、助かりやした」

川太郎は愛嬌のある目を細めた。

「やるね。こいつらどうする。番所へしょっ引くか」

「お役人さまの好きにしてくだせえ。おれはいいいよ。めんど臭えもの」

「そうか。じゃあここで吐かせよう」

龍平は痛みをこらえてうずくまっている男の腕を、鐺《こじり》でがつんと突いた。鐺を押しつけると、男の悲鳴が泣き声に変わった。

「か、かんべん、して……してくれえ、痛ててて……」

「誰の差し金だ。話せ。腕の骨を粉々にするぞ。箸《はし》も持てなくなる。右手で話さなければ、次は左手だ」

「……ひぃ、頼まれた、だけで……威《おど》して、ちょっと、い、痛い目に……」

「名前を言え」

「い、痛ててて……かとりやだ、鹿取屋に、頼まれたあ……くそおぉ」

四半刻《しはんとき》（約三〇分）後、川太郎は血で汚れた栈橋を川の水で洗い流していた。桶で汲んだ川の水を勢いよく栈橋に流し、箒で繰りかえし掃いている。

よく働く男だと、龍平は艫の船梁《ふなばり》に腰かけ、川太郎の作業を見守った。寛一は舳先の船端に腰をおろして足をぶらつかせている。

「……つまりは、そういうことだ。萌はあんたの言うことしか、聞かないだろう。あんたに頼むしかないんだ」

龍平は言った。

川太郎の箒が桟橋の板を掃いて、しゃあしゃあと鳴っていた。

「鹿取屋は娘を案じるあまり、目がくらんであんたを襲わせた。愚かな親だがあんな親でも、親元へ帰れば萌は貧乏はしないですむ」

しゃあしゃあと、箒の規則正しい音がする。

「あんたにこんなことを頼むのは、筋違いだとは思う。あんたと別れて萌が幸せなのかどうか、おれにはわからない。言えることは、萌がどうなればいちばんいいか、あんたにはわかるだろう」

川太郎は黙って桶で水を汲み、桟橋に流した。

「わたしの言うことが間違ってないなら、無理を承知でも……」

言いかけた龍平に、川太郎は箒を使いながら言った。

「ひぐれの旦那、あっしは、風みたいに気ままに生きたいだけだ」

川太郎は桟橋を流れる水に足を濡らした。

「今日の昼八ツ（午後二時頃）、東左衛門店にきてくだせえ。あっしは仕事の手がすきやすから家に帰ってる。そのときに萌を渡しやす。できれば駕籠《かご》を用意しといてくだせえ。ちょっとどたばたするかもしれねえけど、いいですか。口も手も出さずじっとしててくだせえよ。萌を渡したら、無理やりでも駕籠に押しこんで、急いで連れて帰ってくだせえ」

川太郎の肩が上下し、箒が桟橋の板の水を流していく。

川太郎の手は、川縁の寒気の中で赤くなって湯気をたてていた。

「昼、八ツだな。すまん」

しゃあしゃあ……と箒が鳴り、川太郎は龍平を見なかった。

七

お天とさまは一日顔をのぞかせないつもりなのか、午後になっても肌寒い風が土埃《つちぼこり》を舞いあげる曇り空だった。

昼八ツ、芝湊町の東左衛門店へ入る木戸前の小路で、龍平と寛一は萌が小路に現れるのを待っていた。

龍平の頼んだ町駕籠と駕籠かきが、辻《つじ》の角で龍平の指図を待っていた。

どうするつもりなのか、見当がつかない。

だが、川太郎が言うのだから間違いないだろう。

東海道《とうかいどう》につながる金杉橋の通りは旅人や、愛宕山《あたごやま》、芝神明《しばしんめい》、増上寺《ぞうじょうじ》への参詣《さんけい》客が多いが、ひとつ小路へ折れた湊町の界隈は、曇り空の下でひっそりと静まりかえっていた。

《鼠《ねずみ》とり薬》と記した幟旗《のぼりばた》をたて、箱を肩から吊るした鼠とりの行商が、
いたずら子供はいないかいなぁ～

石見《いわみ》銀山ねずみとりぃ～

と売り声に節をつけて龍平らの前をゆきすぎる。

そこへ、幸菱《さいわいびし》の小袖に赤い蹴出しをちらちら見せて、黒塗りに赤い鼻緒の駒《こま》下駄《げた》を鳴らした町芸者ふうの、年のころは三十四、五の派手な年増が、島田の笄《こうがい》に軽く手を触れながら怠《だる》げな様子で現れた。

女は、龍平たちにねっとりとした会釈をおくり、東左衛門店へ折れた。

薄暗い路地に引き結びの波柄の帯がくねり、どぶ板が鳴った。

女は川太郎の住まいの腰高障子《こしだかしょうじ》の前で立ち止まった。

そして路地の外の龍平たちへ、またねっとりと笑いかける。

女が中に声をかけて、障子を開けた。

「かわちゃあん……」

甘ったるい女の声が尾を引き、中へ消えた。

「旦那、なんですか、ありゃあ」

寛一が訊いた。

「様子をうかがってみよう」

龍平は履物の音を忍ばせ路地へ入った。

川太郎の家の前までくると、女の甘ったるい声が聞こえた。

「かわちゃん、誰ぇ、この子ぉ、こんな子がお好みなのぉ」

「たまにはいいだろう。こいつがきたいって言うからさ」

「だめ、かわちゃんはあっしのものなんだから、勝手なことしちゃぁ」

「わかってるよう。おれだって、お陸《りく》が勤めがあって会えなくて、寂しい思いを堪《こら》えてたんだぜ。ちょびっと魔が差しちまった、ははは……」

「お嬢ちゃん、騙《だま》されちゃあだめよ。かわちゃん、女なら誰にでも甘いんだから。優しいふりして、女たらしなのよ。岡場所で働かされちまうよ。でも、あっしはこんなかわちゃんが、好きぃ。ねえ、かわちゃん、だははは……」

「萌、おめえもういいよ。家へ帰んな。おめえみたいなしょんべん臭い子供は性に合わねえんだよ。じつはおれには、お陸がいたんだよ」

「そうなのよ、お嬢ちゃん。あんたじゃかわちゃんは無理なのぉ」

「川太郎さんっ」

萌の声が、ねばついた川太郎と女のやりとりの間に聞こえた。

「ほら、かわちゃん、こんな子供を騙してぇ。お嬢ちゃん、恐い顔して睨んでるじゃない。でも、お嬢ちゃん、睨んでもだめなのよ。あんたが損するだけ。子供はお家《うち》に帰んなさい」

「川太郎さん、わたし……」

「るせえな。帰れよ。しつこいんだよ。遊びだって言ってるだろう」

「帰れ帰れぇ。お嬢ちゃんだって、遊んで楽しかったでしょう。遊びはもう、おし、ま、いぃ。だははは……」

寛一を見かえると、家の中のやり取りを聞いて目を丸くしている。

隣の女房が戸を細く開けて、龍平と寛一をのぞいていた。

龍平は寛一に顎をしゃくり、路地を出た。

辻の角でのんびりと煙管を吹かしている駕籠屋が「そろそろで?」という顔つきで龍平を見あげた。

龍平は腕を組んで、唸《うな》った。

「旦那、あのお陸って女」

寛一が何か言いかけたが、言うことがなかった。

龍平は駕籠の前後をいきつ戻りつした。

思い出したように路地に目を投げた。

やがて、路地奥の障子戸が開いた。

すっとした立ち姿の萌が現れ、戸をがたりと閉めた。

そして、わずかに顔を伏せ、路地の軒下を、一本の線をたどるかのように足早に歩いてくる。

木戸を出て、金杉橋の方へ折れた。

龍平たちには目もくれなかった。

うな垂れた萌の前に龍平が立った。

萌がはっと立ち止まり、龍平を睨んだ。

「駕籠がある。日本橋までは遠い。乗っていったらどうだ」

頬に涙が伝わっていた。

拳で頬をひとつ拭い、ぴしゃりと言った。

「あなたが、仕組んだんですね」

そうじゃない、とは龍平には言えなかった。

「男の人なんて、大嫌い」

萌は新たな涙をぽろぽろとこぼした。

そこへ川太郎が女とじゃれ合いながら小路に現れ、萌に声をかけた。

「萌、達者でな。楽しかったぜ」

「やだ、かわちゃん、未練たらしいこと、言わないのぉ」

女の濁った笑い声が小路に響いた。

萌はふりかえらなかった。

龍平は駕籠かきに萌の後を追うように指示した。

川太郎を見ると、顔をくしゃくしゃにして笑っていた。

龍平と寛一、その後ろに空の町駕籠が一挺《いっちょう》、萌の後ろに従った。

萌は日本橋の堀留町まで、風の中を一度もふりかえらず、歩速も変えず半刻（約一時間）あまりで歩き通した。

その姿に萌の負った心の傷の深さがにじんでいた。

萌は堀留町の通りから鹿取屋の店へ入っていった。

ほどなく店の中で「あ、お嬢さま」「お嬢さまがお戻りでぇす」と飛び交う声が、通りの龍平らにも聞こえた。

龍平と寛一はそれを確かめてから、踵《きびす》をかえした。

「旦那、あの子のためにやったことなのに、嫌われやしたね」

「野暮なことをしたらこんなことになるという、教訓だな」

「あの子、男の狂言に引っかかりやしたね」

「とんだ猿芝居だが、川太郎はよくやった」

「けど、あのお陸という年増は、ちょっと不気味だったすね。旦那はこれで、よかったんでやすか」

いいも悪いもないし、萌にも川太郎にも、それはわからないだろう。先のことは誰にもわからないのだ。

八

日がすぎ、十月になった。

赤ん坊の七日の名づけ祝いの日がきて、龍平は《菜実《なみ》》と名をつけた。

「ひぐれ、日暮龍平はいるかい」

その朝、同心詰所の出入り口で、富永真兵衛が呼んだ。

富永は目が合った龍平に、きてくれ、という仕種《しぐさ》をした。

富永には、萌が堀留町の親元へ帰った経緯《いきさつ》の報告をすませていた。

鹿取屋が無頼漢を雇って川太郎を襲わせた顚末《てんまつ》を話すと、

「馬鹿だね、あの親父。今度、つけ届けをふやせとふっかけてやろうぜ」

と、唇を歪めた。

龍平と富永は、表門前の腰かけ茶屋の葦簾《よしず》の陰へ目立たないようにかけた。

十月は明番《あきばん》の北町奉行所の表門は閉じている。

その朝も、冷えびえとした冬の天気だった。

「じつはな、おてんば娘が婿とりをする話が進んでるんだよ……」

とそこで富永がきり出したのは、鹿取屋の一件の後始末についてだった。

老舗の菓子問屋・鹿取屋の萌が、同じく公儀の御用達にも食いこんでいる菓子問屋・篠田屋《しのだや》の次男を婿に迎える婚姻話が進んでいた。

「鹿取屋が急いでたわけさ」

その婚姻によって両家が縁組を結び、両問屋の江戸における菓子のとり扱い量が半分近くをしめ、江戸の菓子問屋の勢力図を大きく塗り変えることになると、問屋の間では以前から話題になっていたらしい。

「でだ、ひぐれに後始末を、頼みてえんだ」

「後始末を、ですか？」

「鹿取屋も篠田屋も縁組を進めたい。それには婚姻が要所《かなめどこ》だ。どんな小っちゃなことでも、婚姻の障《さわ》りになる種をとり除いておく必要がある。鹿取屋の悩みの種は家出をしてたおてんば娘だった。その娘はひぐれの働きでとり戻せた。けどそうなると、今度は娘の家出の原因をつくった男の存在が気がかりでならねえ、ときた」

鹿取屋の本音は、川太郎に消えていなくなってほしいというのだ。

「それは無理でも、とにかく今後一切、萌とかかわらない約束がほしいってわけさ。まったく金持ちってのは暇な連中だね。自分らであれやこれや心配の種を拵《こしら》えてやがるんだから」

言いながら富永は、小さな袱紗《ふくさ》包みと証文のような書状を懐から出した。

「手ぎれ金だ。百両ある。ここに男の署名と爪判《つめばん》がほしい」

書状には、今後一切鹿取屋に迷惑を及ぼさない旨の一文がしたためてあった。

龍平は不快だった。

「川太郎に金を渡すのはいいですが、迷惑を及ぼさないという行《くだり》では、まるで川太郎が悪かったみたいではありませんか。川太郎は何も悪くありませんよ。鹿取屋は川太郎に、むしろ感謝すべきだ」

「まあまあ、どっちでもいいじゃねえか。金持ちなんて、そんなもんさ。金さえ渡せば、みんな納得すると思ってんだよ」

先だって、川太郎にあんな芝居を打たせたのは、元はといえば龍平の筋違いの頼みからだし、川太郎は萌を思えばこそ龍平の頼みを引き受けた。

そのうえに、この金と書状を見てどんなふうに思うだろう。

しかし、平同心の龍平に「できません」とは言えなかった。

龍平は重たい冬空の下、ひとりでまた金杉橋へ向かった。


ところが、川太郎は金杉橋の万年家から姿を消していた。

万年家の女将によると、先月末、突然、「ちょいと旅に出やす」と告げ、ぷいといなくなったらしい。

「川太郎は、うちが船宿を始めたときに雇った船頭の万助《まんすけ》の倅で、万助が亡くなってから父親の跡を継ぐ形で、ずっと働いてきたんですよ。近ごろ、女のことでもめ事を抱えてたって聞いてますけど、そのせいなんでしょうか」

女将は川太郎のいき先も知らなかった。

「帰ってくるかどうかも、わかりませんねえ。あの男はいつも、ああなんですよ。自分のことは何も話さないんです。腕もよくて真面目な働き者なのに、ひとりでぽつんとしてることが多くてね。子供のころから無口で、寂しい感じのする子でした」

古川端の東左衛門店へいくと、この前は貧しくとも萌がいて、男と女のけなげな営みを感じた住まいが、荷物が片づけられ抜け殻《がら》のような空虚さだった。

家主の東左衛門が、自身番の人別帖を開いて言った。

「はい、先月、荷物をまとめて引き払いました。しばらく一緒に暮らしていた萌という娘がおりましてね。日本橋の老舗のお嬢さんとかで、ままごとのように仲むつまじい様子で、わたしどももどうなるのかと気をもんでおりましたが、縁を切って実家に帰したと言っておりました。育ちが天と地ほど開きがあるのでまるで合わないと笑っておりました。ただ笑っていても、内心は辛かったのかもしれません」

龍平は胸が痛んだ。

人別によれば、川太郎の父親・万助は、もと佃島《つくだじま》の漁師だった。

万助に女房はなく、川太郎はどうやらもらい子らしかった。

二十年ほど前、幼い川太郎をつれて佃島から芝湊町のこの東左衛門店へ越してきて、船宿・万年家の船頭に雇われた。

佃島にはまだ親類がいて、漁師をやっている。

わかったのはそれだけで、東左衛門も川太郎のいき先は聞いていなかった。

龍平は鉄砲洲《てっぽうず》へとり、船松《ふなまつ》町の渡し場から佃島へ渡った。

佃島漁師町の住吉《すみよし》神社鳥居前の潮臭い裏店に、万助の姉という六十すぎの女が、漁師の倅夫婦や孫と暮らしていた。

「おれは、この十五年、川太郎とは会っておりやせん」

と姉は、暗い土間で漁の網をつくろいながら龍平の問いに答えた。

「へえ、川太郎は万助の実の子ではありやせん。川太郎は、万助が日本橋の河岸へ魚を売りにいった帰り、たまたま日本橋川で溺《おぼ》れていたのを救って、それが本人の言うのには、親は知らねえし名前もねえ、物乞いして食いつないでいたという子だったもんで、可哀想だから連れてきた子でごぜいやす。おれが、養う気かと訊ねやすと、養うと言っておりやした」

そのとき川太郎は、四、五歳だったという。

「名前は、日本橋川で拾ったから川太郎とつけて、名主さまに頼んで人別にも入れやした。万助には嫁がおりやせんでしたので、倅がほしかったのかもしれやせん」

川太郎が龍平に言った、あの世へいきかけたとは、日本橋川で溺れた記憶のことだったのかもしれなかった。

「川太郎は、血のつながりはないけれど父親思いのいい子でございやした。小っちゃいときから万助について漁に出て、漁師になると言っておりやした。けど数年がたって、万助を訪ねてどこかの藩のお侍がまいりやしてね。万助とお侍は長いこと話し合っておりやしたが、お侍が帰って何日かしてから、万助は漁師をやめて、川太郎を連れて芝へ移っていったんでございやす。お侍とどんな話があったか、詳しいことは何も聞いておりやせん。ただ、どうやら川太郎の素性にかかわることらしくて、万助は越した先を他人《ひと》には話さないでくれと言っておりやした」

姉が川太郎と最後に会ったのは、十五年前、万助が亡くなり、その葬式に出た折りだった。

「あのとき川太郎は十三歳で、もう万助の跡を継いで船宿の船頭を始めるぐらいの、形《なり》の大きい若い衆になっておりやした。今も変わらずに船宿で働いてると思っておりやしたのに、何かわけがあったんでございやすか」

と姉は、町方役人が川太郎の消息を訊ねてきた理由を気にかけた。

川太郎が姿を消したのだから、預かった金と書状はもう役にたたない。

ほっとする反面、川太郎の行方がわからないことが心の隅に引っかかった。

川で拾われたから、川太郎……

なぜ、何があって、川太郎は日本橋川で溺れていたのだ。そして、佃島に万助を訪ねてきた川太郎の素性にかかわる侍……

もしかしたら川太郎の実の親は侍だったのか。

九

夕刻七ツ（午後四時頃）、表長屋門の番所隣にある同心詰所を出た。

西の空の果てにまだ残っている陽が、通りや奉行所の海鼠塀《なまこべい》を晩秋の茜色にあわあわと染めていた。

腰かけ茶屋の周りと狭い濠《ほり》を跨《また》ぐ小橋の袂に、与力や同心雇いの、供の中間《ちゆうげん》、槍持《やりも》ち、草履《ぞうり》取り、小者手先らが、勤めを終えて表門から出てくる主《あるじ》を待って控えているのは毎夕の光景である。

中に日暮家雇いの下男の松助がいる。

龍平が日暮家へ婿に入る前から雇われている六十近い奉公人である。

「お勤め、ご苦労さまでございやす」

龍平は頷き、弁当の破籠《わりご》を包んだ風呂敷包みを松助に渡した。

同僚の同心らと挨拶を交わしたり、継裃《つぎかみしも》の与力にはあらたまって礼をしながら帰路についた。


日暮家の組屋敷は、八丁堀亀島《かめしま》町川岸通りに並ぶ町家の西側に位置し、鉄砲、剣術柔術の稽古《けいこ》場が近所にある。

四半刻後、板塀の片開き木戸を開けると、今年五歳になる倅の俊太郎が表戸を開けて飛ぶように走り出てきた。

「父上、おかえりなさい。おじいさまとおばあさまがお見えです」

「水道橋のお祖父《じい》さまとお祖母《ばあ》さまだな」

「はい。今、母上と妹の部屋においでです」

龍平は俊太郎をさっと抱きあげ、丸い頬に笑いかけた。

「母上と妹は変わりないか」

「はい。妹は寝ているか、泣いているかです」

龍平と供の松助は笑った。

「龍平さん、戻られましたか」

姑の鈴与が襷をはずしながら出迎えた。

「ただ今戻りました。沢木の父母がきておりますようで」

「はい先ほど。沢木家から祝いの品をいただきました。龍平さんからもお礼を申してください」

鈴与は、産後の養生《ようじょう》をしている妻の麻奈に代わって台所仕事に立っている。

奥方は建前として台所に立たないが、表玄関の許されていない身分の低い武家の妻は、家計の事情によって台所働きをしなければならない。

当然、町方同心の妻は奥方ではなく、新造《しんぞ》あるいは町家ふうに内儀《ないぎ》である。

龍平は俊太郎に急かされ、定服《じょうふく》のまま産屋《うぶや》にしている寝間へ顔を出した。

背の高いほっそりした身体を白い寝間着に包んだ麻奈が、産衣《うぶぎ》の赤ん坊を抱いて寝具に座り、父の七郎兵衛、母の桐《きり》、舅の達広がまわりで談笑していた。

麻奈は白くすき透った顔を龍平に向け、微笑んだ。

眉に薄墨を描き、唇に紅を薄っすらと掃《は》いた薄化粧が肩に流れた黒髪に映え、安らかな笑顔だった。

「おお、戻ったかい。今な、水道橋のお父上とお母上に赤ん坊の名についてうかがっておったところだよ」

舅の達広が、八丁堀の町方口調で言った。

龍平は達広に帰宅の挨拶と、実家の父母に祝いの品の礼を述べた。

「母子ともに息災《そくさい》で何より。わが親戚にもようやく娘ができた」

父親の七郎兵衛が言った。

「本当に、目のぱっちりとした綺麗《きれい》な赤ん坊ですこと。父親と母親のいいところばかりを受け継いで、この子は美しくなりますよ」

と母親の桐は、赤ん坊から龍平に見かえった。

「菜実という名もいい。実りの秋に産まれた豊穣《ほうじょう》な薫《かお》りがする。しかしこれからの冬は赤ん坊には厳しい季節だ。くれぐれも気をつけねばな」

「ほんと、よかったねえ。わたしら隠居の身にも楽しみがふえた」

「同感ですな」

七郎兵衛が明るく笑った。

俊太郎が母親の麻奈の側へいき小さな人差し指をかざすと、もっと小さな赤ん坊の白い手が、生まれ出たこの世界をつかもうとするかのように、俊太郎の指をふわりと握るのが見えた。

落日とともに夜の帳《とばり》がおりるころ、床の間のある客間で、ささやかな七日の名づけ祝いを開いた。

達広が菜実と筆で記した半紙を床柱に貼り、新しい命の誕生を慶《よろこ》び、つつがない成長を願って一同が盃《さかずき》をあげる。

母の桐が龍平に感慨深げに言った。

「あなたが日暮家に入ったころは、ちゃんとお役目が務まるのか気をもみましたけれど、二人の子を持つ親になってくれて安心しています」

「大丈夫ですよ、母上。今年で足かけ八年になりますから」

「もう八年になりますか。早いですね」

すると七郎兵衛が言った。

「町方を八年勤めて、学問所で学んだことと相通ずるものはあったか」

「学問も町方勤めも同じ人の生業《なりわい》ですから相通ずるものです。ただ、学問だけでは生きた人の暮らしまではわかりません。暮らしの変化にともなって人々の心の動きの変わる様子が、町方勤めをしていると見えてきます」

「ほう。どういうことだ」

「そうですね」

龍平は目に笑みを浮かべ、考えた。

「たとえば三年前、公儀が米相場が下がった損失を補うため、大坂と江戸の米問屋にご用金を課したことを覚えていらっしゃいますか」

「覚えているとも。江戸と大坂を合わせて四十万両を超える額であったな。あの後、お切米の相場が上がってわれらもひと息ついた」

「けれども米の値段が上がって苦しむのは庶民です。当然、もろもろの物の値段も上がって、逆に銭相場は一両が七貫二十文まで下げ、手間賃を銭で得る庶民は二重の痛手をこうむりました。すると奉行所に持ちこまれる公事や、喧嘩や刃物三昧《ざんまい》の人情沙汰が急にふえ始めたんです。相応の暮らしをしている町人でさえ、さまざまなもめ事の訴えを持ちこんできました」

「……？」

「わたしは初め何が起こったのか訝《いぶか》しんでおりました。ですが町方勤めの長い方々は、そういうもんだよと、つまり庶民の暮らしが悪くなると公事や訴えがふえ、その増減はご政道と連動していることを、みな承知しておりました」

「なるほど。しかし、そうだと言える証しはあるのか」

「それはたぶん、町方勤めで見聞きしたことと庶民と接して肌で感じとることなのでしょう。学問所の教場や書物を読んで学びとるのは難しい。ただ、公事や訴えの数がふえるだけですんでいるうちはまだいいんです。これが仕きりを超えると庶民の心は荒《すさ》み、天明《てんめい》の打ち壊しのようなことが起こり……」

ははは……と達広がさらりと笑って、言葉を継いだ。

「龍平さんも、すっかり町方らしい世間の見方が身についたね」

舅の達広は婿の龍平を、今でもさんづけで呼ぶ。

それが八丁堀町方の流儀なのだろう。

「婿どのは、真面目ですから」

姑の鈴与がすまして言った。

するとき鈴与の隣の俊太郎が、

「父上は婿どのなのですか」

と聞いたから部屋中に笑いがどっと起こり、赤ん坊の菜実が驚いて子猫のような泣き声をあげた。

そこへ、松助が来客を告げにきた。

「旦那さま、表に旦那さまにお会いしたいと、人が見えておりやす」

「客か？　どなただ」

「目のくりくりした丸顔の背の高え男で、年の若え、川太郎と言えば旦那さまはご存じだと。自分は客というほどの身分の者じゃねえから外で待たしてもらうと言いまして、表に……」

龍平が急いで表へ出ると、俊太郎が小走りについてきた。

川太郎は身綺麗な紺の袷《あわせ》の裾を端折り、この寒空に素足に草履、手拭《てぬぐい》を頰かむりにして、塀際に腕を組んで佇《たたず》んでいた。

「川太郎、どこへいってた。今、どこに住んでおる」

龍平は川太郎の側へ寄り、つい大きな声を出した。

川太郎は手拭を取り、月代がのびて日に焼けた丸顔を伏せた。

「旦那もお変わりなく何よりでございやす。ご無礼とは知りつつ、お屋敷までおじゃまさせていただきやした。こちらはお坊っちゃんで」

「息子の俊太郎だ。俊太郎、川太郎さんだ。ご挨拶を申せ」

俊太郎が元気に名乗って、お辞儀をした。

「今夜は二人目の子の七日の名づけ祝いでな。よければ入れ。何か話があるのだろう。中で聞こう」

「そんなめでてえ日に、あっしみたいな者が、本当に申しわけねえこってす。どうぞ、ここでけっこうでございやす。話はすぐすみやす」

と、川太郎は伏せていた顔をあげた。

「旦那にご相談があってまいりやした。単刀直入に申しあげやす。旦那、鹿取屋が強請《ゆす》られておりやす」

龍平は驚いた。強請りとは、穏やかではない。

「鹿取屋が同じ菓子問屋の大店《おおだな》・篠田屋の次男を萌の婿に迎えて、両店の縁組話がこの秋から進んでいることは、ご存じとは思いやす……」

「ああ。知っているとも」

「鹿取屋は表向きは萌の婚姻話で華やかではございやすが、その縁組が絡んだ婚姻を反古《ほご》にしたくないばっかりに、強請りを表沙汰にできず、強請られるがままになっておりやす」

「老舗の鹿取屋に、強請られるような事情があるのか」

「この前、万年家の桟橋であっしを襲った五人組を、覚えていらっしゃいやすか。旦那に助けていただきやした」

「鹿取屋が雇った五人組だったな」

「あの五人組の頭《かしら》は、青とかげの甚十郎《じんじゅうろう》という本所《ほんじょ》は松坂《まつざか》町の悪《わる》で、そいつがあっしと萌のことを嗅《か》ぎつけたんでございやす。あのとき、痛めつけられて大怪我を負いやした。だから薬料や薬師《くすし》へかかった代金を寄越《よこ》せと言いがかりをつけ始め、出さねえなら、あっしと萌のことを読売《よみうり》に売りこんで、今江戸中の注目を浴びている篠田屋との婚姻の裏事情を暴露することになるぜと……」

「鹿取屋は、強請られるままに金を出しているのか」

「そうなんで。鹿取屋は萌が祝言をすましさえすればと考えているが、やくざの恐さがわかっちゃいねえ。やくざは堅気とかかわりができたら、堅気からしゃぶれるだけしゃぶろうとしやす。御番所に訴え出たいところだが、この先を、あっしと萌のことが世間に知れたら萌の婚姻話がどうなるかわからねえ。それで鹿取屋は訴えることもできねえんですよ」

「ふうむ。鹿取屋は、そんなに篠田屋との縁組が大事なのか」

「可哀想なのは萌でございやす。あっしが始末をつけなきゃあならねえが、ひとりじゃ無理だ。甚十郎は本所の性質《たち》の悪い浪人を仲間に誘いこんでおりやす。それで旦那にご相談にあがりやした次第で」

「よくそこまでつかんだな」

「十五年も船宿の船頭を務めておりやすと、お客さんの中にはあっしのような者にも、懇意にしてくださるその筋の物好きな方がおられやして……」

「承知した。ならば委細を相談せねばならんな」

「青とかげの一味の人数や狙いをもっと詳しく調べて、あらためておうかがいいたしやす。その折りに、お知恵を拝借させていただきやす。今宵《こよい》はこれで……お坊っちゃん、失礼いたしやす」

川太郎はそう言うと、くるりと踵をかえし宵闇の道へまぎれていった。

十

翌日の夕刻七ツ半（午後五時頃）、左内町《さない》と音羽町《おとわ》の間の小路にさがる京風小料理屋《桔梗《ききょう》》の軒《のき》行燈に、主人吉弥《きちや》の娘・お諏訪《すわ》が灯をともした。

店は入れこみの畳の床と花茣蓙《はなござ》を敷いた床几《しょうぎ》に、ちらほらと客の入り始めたころだった。

桔梗は青物町の勤め人や業者の馴染《なじ》みが多い店である。

その桔梗の、店をあがった奥の部屋に、龍平、梅宮の宮三、倅の寛一が顔を揃えていた。

部屋には摂津《せっつ》の下り酒を燗《かん》にした湯気が漂い、葛粉《くずこ》をまぶしてからっと揚げた平目《ひらめ》の切り身のてんぷらなどの料理が香っている。

菜実の誕生祝いに宮三から届けられた祝いの品の礼や、生まれたばかりの赤ん坊の育て方などの話にひとしきり花が咲いた後、

「ところで旦那……」

と宮三が、龍平に酌をしながら、ある噂話を始めたのだった。

「これは先だって、出羽松山藩酒井家《でわまつやまはんさかいけ》の江戸屋敷で渡り徒士《かち》を務めていた男から聞いた話でございやす。又聞きですし、本当のことなのかどうか、確かなことはしれやせん。ですが、こいつぁやっぱり旦那がお知りになりたい川太郎という男のことと、かかわりがあるんじゃねえかと思えやしてね」

宮三が聞いた噂話は、二十四、五年も前、日本橋で起こったある侍と子供にまつわる奇妙な出来事についてだった。

——昔、出羽松山藩酒井家のある侍が、何かの咎《とが》めを受け酒井家を追われたそうでございやす。侍は妻と幼い倅を連れて仕官の口を求めて江戸へ出たが、仕官の口は容易に見つからず、一家は日本橋の裏店でひどい貧乏暮らしを送っておりやした。

侍は世渡り下手で、そのうえ、不幸なことにお内儀が病気にかかり、貧乏所帯の苦渋の果てに亡くなっちまった。

侍は幼い倅を抱え、暮らしに窮して切羽《せっぱ》詰まった挙句《あげく》が、日本橋の袂で物乞いを始めるまでに落ちぶれていったそうでございやす。

さぞかし融通の利かねえ、不器用な侍だったんでございやしょうね。

子連れの侍の物乞いは、当時、日本橋あたりで評判になり、評判を聞いた酒井家の江戸勤番侍がそれを見て、江戸藩邸でも噂にのぼりやした。

気の毒だが、あそこまで身を落としてしまえば仕官どころではないなとか言われ、そんな侍ですから物乞いをしてさえ、食うや食わずの始末でやした。

ある冬の晴れた朝のことでございやす。

その日、幼い倅が腹を空《す》かしてひどく泣いておりやした。

侍の物乞いがうまくいかず、朝から倅に何も食べさせてやれなかった。

無理もねえ。侍がどんなに言い聞かせようが、叱《しか》ろうが、腹を空かせた小さな子供に、物乞いしかできねえ侍の道理が通じるわけがありやせんやね。

叱られれば倅はいっそう泣き喚き、侍は手の施《ほどこ》しようがなかった。ただ青ざめて、ふるえていたそうでございやす。

同じ日本橋の物乞いが見かねて、

「これで何か食べさせてやりなさい」

と銭を恵んでくれた。かたじけない、と侍が言ったかどうかはわからねえ。

とにかく侍は物乞いから銭の施しを受け、倅に温かな饅頭《まんじゆう》を買い与えた。

当然、腹を満たした子供は泣きやんで、侍は倅を連れて物乞いを続けた。

で、ようやく幾ばくかの銭を得ると、侍は施しをしてくれた物乞いに銭をかえし、それから嫌がる倅を日本橋の中ほどへ引きずっていった。

そこでいきなり、橋の上から倅を冬の日本橋川に投げ捨てたそうでございやす。

そのあと、自分も倅の後を追うように川へ身を投げた。

物乞いまでしても、それが侍の身の処し方というものなんでやすかね。

あるいは、貧乏暮らしと物乞いからさえ施しを受けるそんな己に、侍はもうどこか心の歯車が狂っちまっていたのかもしれやせん。

束の間の出来事で、日本橋は喚声《かんせい》と悲鳴に包まれたと言いやす。

けど、その出来事のその後の評判は、倅のことより切腹もできねえ侍の死にざまが半分同情と半分物笑いのたねになって、酒井家の江戸藩邸でとり沙汰されやした。

できねえはずだ。当然、侍の刀は竹光《たけみつ》でやしたからね。

けれど渡り徒士の聞いた噂では、神さまが倅を憐《あわ》れんだのか、偶然船で通りかかったどっかの漁師が溺れている倅を拾いあげ、命は助かったそうでやす。

ただ、侍と倅の名は藩の恥になるからと聞けなかったそうで……。

川太郎がその倅かどうかは、わかりやせん。けど、何年かがたって、倅の母方の叔父《おじ》にあたる侍が、どういう筋から噂を聞きつけたのか、佃島かどこかにその倅を、つまり死んだと思っていた甥《おい》の消息を訊ねたそうでございやす。

結局は、消息はつかめなかったということらしいんですがね。

「旦那、こいつあ、佃島の万助の姉さんからお聞きになった川太郎の生いたちと符合するんじゃねえすか。川太郎はその侍の倅だったんじゃあ……」

と寛一が言った。

「間違いない。川太郎だ」

そう答えながら、龍平は身体が粟《あわ》だつのを覚えていた。

日本橋の袂で物乞いをする侍と子供の姿が浮かび、侍が子供の襟首をつかんで日本橋の上から投げ捨てる様子が見えた。

子供は父親に捨てられた。

子供は川の中から、きっと、日本橋の父親の顔を見あげただろう。

子供はそのとき、父親に永遠の別れを告げたのに違いない。

だから、親もなく名前もない、あの世へいきかけた子供だったのだ。

なんという真相だろう。

「親分、夕べ、川太郎が家へ訪ねてきてな」

龍平はぽつりと言った。

「鹿取屋が強請られてるそうだ」

「えっ、鹿取屋って、あの萌という娘の？」

「鹿取屋は、事を公《おおやけ》にしたくないばかりに、強請り屋一味の言いなりになっているらしい」

鹿取屋が青とかげの甚十郎とその一味に強請られている事情を、龍平は話した。

「近々、その強請り屋一味相手に、ひと働きすることになるだろう。そのときは、親分と寛一の手を借りたい」

「合点、承知いたしやした」

宮三がふてぶてしくにやりと笑い、寛一は目を丸くした。

十一

十月半ば、丸い月が凍てつく漆黒の空にかかって、堀江町《ほりえ》と新材木町《しんざいもく》へ通じる入り堀に架かる和国橋《わこくばし》河岸場に、青白い光が落ちていた。

森々《しんしん》と更《ふ》ける夜空を、犬の長吠《ぼ》えが物悲しく渡り、座頭《ざとう》の吹く笛がどこかの辻で鳴っていた。

橋の袂の河岸場に数艘の船が舫っている中に、一艘の猪牙があった。

その猪牙の船梁《ふなはり》に、頬かむりの男がうずくまっていた。

男は猪牙の船頭で、客の帰りを待っているかに見えたが、ただ、静かに小さく白い息を吐くほかは石の像のように身動きひとつせず、櫂《かい》で拵えた得物を肩に凭せかけて抱きかかえているのが、船頭らしくなかった。

夜目をよおく透《す》かし見ると、猪牙の船底板に、この舟の本物の船頭が縛られて猿ぐつわを嚙まされ横たわっていた。

堀を東西にまたぐ和国橋の西詰めの擬宝珠《ぎぼし》の傍らに、もうひとつ、それは侍らしき人影がうずくまっていた。

影は黒い胴着に細袴へ二本を差し、黒足袋に草鞋を締め、寒さよけの布の合羽を肩にかけ、菅笠《すげがさ》をかぶっていた。

ときの流れも絶えたかのような静寂が、河岸場を包んでいた。

と、杉森《すぎもり》神社からの小路を人影が足音を忍ばせ堀端へ小走りに駆けてきた。

人影は和国橋と河岸場の人影に、

「きやした」

と声をかけ、そのまま堀端の闇にまぎれた。

ほどなく、杉森神社からの小路に複数の人の声がした。

くっくっ、と笑う声もあれば、あたりをはばかっている話し声もあった。

笑い声や話し声は、だんだん大きくなった。

暗い小路の先に差すかすかな月光が、男たちの影を不気味な灰色に映した。

橋詰めの影が立ちあがり、布の合羽と菅笠をとった。

黒い胴着と同じ黒の細袴が小野派一刀流の道場へ通ったころの十代の日々を彷《ほう》彿《ふつ》とさせる、長身痩軀だった。

影は首をほぐし両掌をもみしだきながら、小路をやってくる男たちに合わせ、ゆっくり、静かに橋を東へ渡る。

男たちは橋を渡ってくる人影に気づいてはおらず、油断がだらしない足音にもうかがえた。

男たちの影が堀端へ出てきた。

影は七つで、二人は二本を差した侍らしく、後の五人は長どすだった。

男たちは和国橋袂の河岸場へ道を横ぎりかけた。

そのとき不意に、橋を幽霊のように渡った影が男たちのすぐ側、二間（約三・六メートル）の間もない傍らに立ったから、やっと気づいた男のひとりが「ひっ」とたじろいだ。

影の低い声が言った。

「青とかげの甚十郎は、いるか」

男たちは影の殺気に気押され、二歩、三歩、さがった。

だが影も、二歩、三歩、と前に出て間を変えなかった。

「なんだ、てめえ」

ひとりが闇を透かして影を睨んだ。

その傍らへ二人の侍が、ぞろりと立ちはだかった。

「甚十郎、知り合いか」

侍のひとりが言い、影をとり囲むように左へまわった。

「甚十郎、久しぶりだな」

甚十郎は表情を歪《ゆが》めた。

「鹿取屋からいくらせしめた」

「誰だ、てめえ」

「この前の万年家では、懲《こ》りなかったと見える」

「なんだと？」

侍たちの鯉口《こいぐち》をきる音がした。

だが影は気にも止めず、言った。

「右手は、箸を持てるのか」

「あっ」

甚十郎は、夜目にもようやく見覚えのある顔に気づいたらしかった。

甚十郎の顔が引きつり、唸った。

「てめえはあのときの」

しゃあ。

脇差《わきざし》を払う。

刹那《せつな》、甚十郎の二の腕から下と長どすが、どさっと道へ転がった。

影の一閃《いっせん》が、腕もろとも瞬時に斬り落としていたのだ。

「ぐわ」

甚十郎はひと声呻《うめ》き、落ちた腕を追うかのように身体を折り曲げた。

そのまま前のめりに傾き、ゆらゆらっと暗い入り堀へ突っこんでいく。

間髪《かんはつ》容れず、影は刀を抜きかけた左の侍へ肩から激しく打《ぶ》つかり、はじき飛ばした。

ふりかえって、もうひとりを正面から袈裟《けさ》に斬り落とす。

「あっ」

侍は刀を抜く間もなくのびあがり、ぐにゃりとあおむけに崩れていく。

さらに影は大きく踏み出し、はじき飛ばした男が刀を上段にふりあげて空いた胴へ、鈍い音とともに打ちこんだ。

侍らが充分な戦闘態勢を取る前に、勝負は決していた。

わあぁぁぁ……

残りのうち、二人が堀端を逃げ二人が河岸場の雁木を飛びおりる。

河岸場の桟橋では、頬かむりの男が櫂の得物を肩に担ぎ待ち構えていた。

大きくふり回した櫂が、前の男の顎をがつんと砕いた。

続いてまたひと回りした櫂の打撃が、二人目の肩に食いこんだ。

二人が一瞬のうちに堀へ吹き飛んで水音をたてたそのとき、堀端では逃げた二人のうちのひとりの背中を、影が一撃した。

斬られた男は堀端をよろけ、ふわりと道に倒れふした。

男の裂かれた着物の下で真っ二つに割れた般若《はんにゃ》の彫物を、月光が晒《さら》した。

そしてもうひとりは、物陰から飛び出してきた二人の男に袋叩きに遭い、悲鳴もあげられず、すでにぐったりとなっていた。

「そのへんでいいだろう」

影がそっと言い、河岸場へふりかえった。

「そっちは、どうだ」

「こっちも終わりやした」

河岸場の暗がりからひそめた声がかえってきた。

「生きてる者に止めを刺す必要はない。みな舟に乗せろ」

影の指示で、堀端に転がっている男らを引きずって河岸場におろした。

四人を猪牙の船底板に重ね、堀に落ちた三人も拾いあげた。

二人の侍は絶命し、腕を落とされた甚十郎はもう虫の息だった。

息のある四人はか細い呻き声をあげている。

船頭が縄をとかれ、竿《さお》を握り、ふるえながら艫に立っていた。

影が刀を船頭の首筋に突きつけた。

「仲間を連れて帰れ。おまえの手で葬り、生きているやつは介抱してやれ」

「あ、あっしは、頼まれて、そ、それだけなんでぇ」

泣きべそをかく船頭の顔面に、影は柄尻《つかじり》を打ちつけた。

船頭は顔を覆ってうずくまった。

「未練なことを言うな。おまえが仲間だということは調べでわかっている。二度とくるな。いけっ」

影が猪牙の艪床《ろどこ》を蹴った。

船頭は立ちあがり、弱々しく竿をあやつった。

猪牙は暗い入り堀を滑り、暗闇の奥で竿を使う音だけになった。

桟橋でその音を聞いている四人の中のひとり、梅宮の宮三が言った。

「旦那、しびれやしたぜ」

「あっしは、まだどきどきしてやすぜ」

と言ったのは寛一だった。

龍平は刀を納め、言った。

「親分にも寛一にも礼を言うよ。川太郎もよくやった」

「旦那、宮三親分、寛一さん、ありがとうございやす。胸のつかえがとれやした。これで鹿取屋の悩みのたねもなくなり、萌も無事、婿とりができやす」

川太郎はそう言って、櫂の得物を暗い堀へ投げ捨てた。

十二

和国橋袂の堀端の一件は、翌日、月番の南町奉行所に届けられた。

近辺の廻り方を務める町方役人は、現場へ駆けつけて、夥《おびただ》しい血痕《けっこん》が堀端や河岸場の桟橋に残っており、また、長どすを握った腕が一本、野良犬が咥《くわ》えていくのを見つけ、顔をしかめた。

近所の訊きこみをすると、前夜遅く異様な物音や声が聞こえ、月明かりの中で人の争う様子が見えたという者が数人いた。

ただ人数が見た者によってまちまちで、内容も食い違っていた。

それに、死人や怪我人がひとつも見あたらないのが妙だった。

町方役人は戸惑い考えた末に、推測した。

「こいつぁやくざ同士の出入りか、盗人《ぬすっと》集団の仲間割れしたやつか、そんなところだろう。だから、足がつかねえように怪我人やらをてめえらで始末するため運び去ったのに違いねえ。まあ、町家や近辺の住人らにまで害がおよばなかったのは不幸中の幸いだった」

町方役人は奉行が読む言上帖《ごんじょうちょう》にも、その旨を記した。


数日がすぎた昼下がり、古川に架かる金杉橋の河岸場にある船宿・万年家の桟橋に、一艘の日除け船が舫っていた。

姿を消してから半月がたち、どういう風の吹き回しか再び万年家へ戻ってきた川太郎が、その日除け船の艫《とも》の板子を藁束で磨いていた。

明るい冬の日が川面に光を散らし、日差しは、力強く動く縞の半纏をまとった川太郎の背中にも降っていた。

「精が出るな」

川太郎が顔をあげると、龍平と手先の寛一が桟橋で笑っているのが見えた。

川太郎は愛嬌のあるくりくりした目を、日差しの中で見開いた。

「日が高いうちに洗っておこうと思いやして。すぐすみやす」

「慌てないよ。こっちはいやな使いできたんだ」

「ああ、鹿取屋のれいの証文でやすね」

川太郎は屈託なく言った。

鹿取屋は川太郎に手ぎれ金を渡し、引き換えに川太郎の署名と爪判を入れたいっさい言いがかりをつけないという書状を、今でも欲しがっていた。

青とかげの甚十郎の強請りに苦しんでいながら、このうえに川太郎に言いがかりでもつけられてはたまらないと、いっそう怯《おび》えているらしい。

富永が鹿取屋に、行方のわからなかった川太郎が万年家へ戻ってまた船頭を始めたそうですぜと、近況を教えると、

「さっさと手ぎれ金を渡して、川太郎から証文をとってきてください……」

としきりにせっつくのだそうだ。

むろん鹿取屋は、青とかげの甚十郎とその強請りの一味がどうなったかを知ってはいない。

ただ、三日にあげず何やかやと因縁をつけて接触をはかってきた連中が、どう

いうわけかここ五、六日、姿を見せなくなっていたのが解《げ》せなかった。

先だって連中がきた夜、入り堀の和国橋でやくざ同士の仲間割れがあったらしいと聞いているが、まさかあの連中のことではあるまいな。

いやいや、そんな甘い連中なわけがない、と鹿取屋は気をもんでいる。

「篠田屋との結納の日が迫って、勝手にとり越し苦労してやがるのさ」

と富永は笑い、ひぐれ頼んだぜ、と気楽に言うのだった。

「鹿取屋の気がそれですむんなら、証文に名前を入れて、爪判ぐらい押しまさあ。百両だっていただきやす。ありがてえことだ」

と、板子を磨く川太郎の背中が言った。

「萌だって、心おきなく婿とりができるでしょう」

「そう言ってもらうと、こっちも気が楽になる」

「旦那、正直言いやすとね、手ぎれ金の話を言われたとき、あっしはね、それを元手に上方《かみがた》へ上《のぼ》って商売をやってみようと、思ったんでやすよ」

「へえ。上方へねえ」

「じつはまだ、こうだと言えるほどわかっちゃいねえんですが、この前お話しした船頭をやって懇意にしてくださったお客さんの中に、こんど分家して上方で新しく店を構えるから手伝ってほしいと言われておりやしてね。年は関係ねえ、人は心がけ次第だと、お客さんに励まされて気持ちが動きやした」

「あんたなら、商売をやってもきっとうまくやれるよ」

川太郎の藁束をこする音が、静かな午後の川筋に響いている。

川太郎の背中が、また言った。

「旦那、先だって、お屋敷にうかがったとき、お坊っちゃんがいらっしゃいやしたね。一所懸命、元気なすんだ声で挨拶なさってた」

「子供のころを、思い出したのか」

「たぶん、旦那のお坊っちゃんと同じ年ぐらいのころ、ある人に素読《そどく》を教わった記憶がかすかに残っておりやしてね。そのことを思い出しやした」

龍平は何も言わず、川太郎のたくましい腕や背中を見ていた。

「旦那が最初にここへ見えたとき、あの世へいきかけたことがあると言ったのを覚えていらっしゃいやすか」

「覚えてるよ」

「あれはね、昔むかし、そのある人に素読を教わってた小っちゃなころ、日本橋川で溺れたことがありやしてね、そのとき死にかけた記憶なんでさ」

川太郎は古川の河口の方へ眼差《まなざ》しを移した。

「川の中であっしはあがいた。と思いやすが、じつはもうはっきりとは思い出せやせん。ただこれだけは覚えてるんでさあ。おれはこれから、どっか知らないところへいくんだなと思ったことと、溺れながら素読をやっていたことなんでやす。なんで素読だったのか、わからねえが……」

「あんた、侍の子か」

「いや。佃島の漁師の倅でやす」

川太郎はそこで、龍平と寛一の方へ身体を向けた。

そして愛嬌のある眼差しを投げ、続けた。

「それと、頭の上の方に日本橋と青空が見えやしてね。し、のたまわく、とあっしは水の中で踠《もが》きながら、日本橋へ手を伸ばしやした。つかめるわけねえのに。あのときのことを思い出すたびにね、あっしは、ここが痛くなって堪らなくなって、何もかもがどうでもよくなっちまうんでさあ」

と、川太郎は自分の胸のあたりを指先でくるくると指した。

「けど、先だっての旦那や、宮三親分や、寛一さんらとひと働きしたあの夜のことがあってから、なぜか痛みがすっと消えやした。何かがね、変わったんでやす。自分でそれがわかるんですよ。もうちっとも辛くなくて、悲しくなくて、生きてることが嬉しくなってきたんですよ。妙ですよね」

「妙じゃないよ。あんたは変わったんだ。それでいいんだよ」

龍平は言い、川太郎と声を揃えて笑った。

川太郎の嬉しさが伝わってくる。

「旦那……」

後ろで寛一が龍平にささやいた。

「うん？」

「ちょっと旦那ってば……」

寛一が龍平の黒羽織の袖を引いた。

「どうした？」

龍平はふり向いた。

「あれ、萌さんじゃあ、ねえすか」

万年家の桟橋におりる雁木の下に人が立っていた。

白地の小袖に、薄桃、薄茶、萌黄の花柄模様が生きた花のようだった。

白い頬と唇に燃える紅、豊かな島田に簪《かんざし》飾りまでが光の下で輝いていた。

龍平は言葉が出なかった。

やがて萌は、東左衛門の裏店の路地を歩いていたあのときのように、桟橋の一本の線をゆるぎなく歩いてきた。

寛一と龍平の前をすぎるとき、花が匂った。

萌は日除け船の艫の船端《ふなばた》に立った。

川太郎が呆然《ぼうぜん》と立ちあがった。

萌が川太郎を見あげ、二人は見つめ合った。

萌が言った。

「芸者のお陸さんに聞きました。あれはお芝居だったたって。川太郎さんに無理に頼まれたから、嫌々打ったお芝居だったたって……」

川太郎は萌をじっと見おろしていた。

「川太郎さん、あたし怒ってないわ。川太郎さんの気持ちは知ってるもの。今日、結納だったのよ。あたし、結納をすっぽかしてきてしまったのよ。もう家には帰れないのよ」

金杉橋を人がいきするのが見える。

川筋は静まりかえっていた。

龍平も寛一も、川太郎も、そして萌も、静かな沈黙の中で動かなかった。

ふと龍平は顔をあげ、ここんとこ日和《ひより》が続くなと、冬の青空を見渡した。

一カ月後、鹿取屋のひとり娘と篠田屋の次男の婚約は破談になった。

鹿取屋篠田屋両菓子問屋の縁組話も消えた。

年が明けた春の初め、鹿取屋は娘に婿養子を迎えた。

どこの誰ともわからぬ男だったので、その幸運な男は誰だと、読売で少し評判になったが、結局、男が誰かはつかめなかった。

第二話　唐《から》櫃《びつ》

一

文化十三年、十月も終わりに近い夜のことである。

宵《よい》の五ツ（午後八時頃）をすぎたころ、ひとりの童女が呉服橋は北町奉行所表門前の石畳《いしだたみ》に佇《たたず》んだ。

年のころは十歳になるかならぬかに見える小柄な童女で、瘦《や》せた背中に風呂敷包みの小さな荷物を襷《たすき》に背負い、素足に大人が履《は》く草鞋《わらじ》を突っかけていた。

粗末な綿縞《めんじま》の着物は土埃《つちぼこり》にまみれ、髪は肩にほつれかかり、顔には遠い道のりを旅してきた汗の跡が、垢染《あかじ》みて残っていた。

童女は、冬の夜露がおりる寒さに堪《た》えかねてか、厳《いか》めしく閉じた巨大な門扉《もんぴ》に怖気《おじけ》づいてか、幼く薄い肩を心細げに慄《おのの》かせていた。

だがやがて意を決したかのように、薄明かりが障子戸に映《うつ》る表門番所の格子窓《こうしまど》へ、澄んだか細い声をふるわせた。

「お願いでございます。お願いでございます」

しばらくして窓の障子戸が開き、中年の門番が顔を出した。

門番は薄暗い表門前に佇む童女を見回すと、咎《とが》めるような口調で言った。

「これこれ、ここは子供のくるところではない。こんな夜更けに人さらいに遭《あ》ったらどうする。早く家に帰るんだ」

「お役人さまにお願いでございます。お取次《とりつぎ》、お願いでございます」

童女は冷たい石畳にひざまずいて頭をつけ、門番へ懸命《けんめい》に訴えた。

もうひとりの門番が、「なんだ?」というふうに窓から顔をのぞかせた。

奉行所は訴えを真夜中でも受けつけるが、訴えをするには町役人《ちょうやくにん》のつき添いが原則である。

「御番所に願いの筋があるなら、まず父ちゃんか母ちゃんに話せ」

門番のひとりが、ひざまずいている童女に言った。

「父ちゃんはいません。母ちゃんと暮らしておりましたが、母ちゃんもいなくなりましたから、暮らしている者がおりません」

「おまえ、家はどこだ。どこからきた」

「遠くです。ずっとずっと遠くです」

「ずっと遠く？」

門番は顔を見合わせた。

「おい、どうする」

「どうするたってよう、こんな子供をこの刻限にほっぽり出すわけにもいかねえだろう」

やがて紺看板に梵天帯《ぼんてんおび》の門番が表門の右小門から手丸提灯《てまるちょうちん》をさげて現れ、

「こっちへおいで」

と、石畳にひざまずいたままの童女を呼んだ。

童女は門番に従《したが》って小門を潜《くぐ》り、門内右脇《わき》当番所の落縁《おちえん》の前に立った。

角行燈《かくあんどん》の灯《とも》る畳敷があり、その先は襖《ふすま》が閉じてある。

「駆けこみぃ」

門番が大声で奥に声をかけた。

「おお」

その夜の宿直《とのい》の同心が襖の奥から現れた。

同心は痩せて背が高く、童女へにこりと微笑《ほほえ》んだ。

童女は、空にぽかんと浮かんだ白い雲のような同心の笑顔を見て、どきんどきん、と音をたてていた動悸《どうき》が少し楽になるのを感じた。

「どうかしたかい？」

笑顔の同心が訊《き》いた。

童女は不意にあふれてくる露《つゆ》の玉のような涙を堪《こら》え、

「母ちゃんを、捜《さが》して、ください、母ちゃんを……」

と、その笑顔の同心・日暮龍平に懸命に訴えた。

二

童女は名をお千代《ちよ》と言った。

年は十歳だった。

同心詰所勝手の板敷で下番《かばん》の拵《こしら》えたにぎり飯に貪《むさぼ》りついていた。

よほど腹を空《す》かしていたのだろう。

お千代が川越《かわごえ》街道膝折《ひざおり》宿の村を出たのは、夜明け前だった。白子《しらこ》から上板橋《かみいたばし》あたりまでは道を覚えていたが、その先はわからず、通りがかりや道端の家で尋《たず》ねつつ、昼すぎに板橋にたどりついた。そこからまた人に尋ね尋ねして、半月前まで住んでいた谷中八軒町《やなかはちけん》の裏店《うらだな》へついたときは、もう夕方になっていたという。

お千代は近所の人に見つかり、いろいろ訊かれそうになったので走って逃げ、それからあてもなく江戸の町をさまよい歩いた。

朝から、村を出るとき風呂敷に包んできた干《ほ》し芋《いも》しか食べていなかった。お千代は疲れ、泣きたいほど心細く、打ちのめされ、切羽詰《せっぱつ》まった。十歳の童女にとっては、さぞかし辛《つら》い道のりだったに違いない。

それでも、子供心にもしやと思い立って奉行所の門を叩《たた》いたのは、それだけ必死だったからだろう。

お千代は飯を頬《ほお》ばり、荒い鼻息をついていた。

「慌《あわ》てず、ゆっくり食べたらいい。話の続きは食べ終わってから訊こう」

龍平はお千代に茶を淹《い》れてやった。

「おじさんは隣の部屋にいるから、食べ終わったら呼んでくれ」

龍平が立とうとすると、お千代は一個のにぎり飯を飲みくだして言った。

「母ちゃんの名前は、お宮《みや》です」

にぎり飯は皿にまだ二個残っていた。

「一個じゃ足りないだろう。全部食べてからでいいんだよ」

お千代は茶を飲み、首を左右にふった。

「後は、明日のぶんにとっておくの」

「明日のぶんをおまえが心配する必要はない。安心して食べなさい」

お千代は嬉《うれ》しそうに頷《うなず》き、二個目のにぎり飯に手をのばした。

そしてまた言った。

「母ちゃんの歳《とし》は、三十です」

龍平は奉行所の小者を、谷中八軒町の家主・安兵衛《やすべえ》に急ぎ奉行所へ出頭するようにと、使いに出していた。

安兵衛がきてからと思っていたが、お千代は話したがっていた。

「わかった。では、おじさんが訊くから、ゆっくり食べながら話してくれるか」

お千代は二個目のにぎり飯を、今度はゆっくり食べ始めた。

龍平は手控帖に《母親　宮　三十歳》と記《しる》した。

「父ちゃんの、名前と歳を教えてくれ」

「本当の父ちゃんは知りません。二人目の父ちゃんは剛蔵《ごうぞう》さんです。歳はわからない……」

「そうか。二人目の父ちゃんの名前が剛蔵さんか。仕事は何をしている」

「大工でした」

　お千代は首を小さく落とし、口をゆっくり動かしている。

「父ちゃんは今どこにいる」

「知りません。いなくなりました」

　言い方が、何か妙だった。

「父ちゃんは、なぜいなくなった」

「わからない。わっちは、父ちゃんのことはよくわからないの」

「お千代と母ちゃんは、谷中の八軒町で父ちゃんと暮らしていたが、父ちゃんがいなくなった、ということだな」

　お千代は頷いた。

「けど、父ちゃんはどこかで今も大工をしているのだろう」

　わからない、というふうに黙って首を左右にふった。

お千代の目から涙があふれ、にぎり飯に落ちた。

「二人目の父ちゃんと谷中の八軒町で暮らし始めたのはいつだ？」

「おととしの、お正月、です」

「それで、父ちゃんはいつごろいなくなったんだ」

またわからないと、首を左右にふった。

「父ちゃんがいなくなって暮らせなくなったから、母ちゃんはわっちを連れて親戚のおじちゃんの世話になることにしたんです。母ちゃんはお百姓の仕事をすると言っていました。おじちゃんとこには畑もあるし、母屋から離れたとこに家もあるから、お百姓をすれば父ちゃんがいなくても困らないって」

「それが今日出てきた膝折だな。おまえは膝折のおじちゃんに黙って江戸へ出てきたのか」

お千代はうな垂れた。

半月前、お千代と母親のお宮は、谷中八軒町の荷物をまとめて川越街道の膝折宿はずれの村へ引っ越した。

ところが膝折で暮らし始めておよそ十日がすぎた三日前の朝、お千代が目覚めると、隣に寝ているはずの母親の姿が消えていた。

お千代には何が起こったのか、まったく理解できなかった。

膝折のおじさんに「母ちゃんが戻ってくるまでうちで暮らすんだぁ」と言われ、母屋《おもや》に連れていかれたけれど、お千代は耐えがたい悲しみと心細さに丸二日泣きとおした。

それから、母親は江戸の悪い人に連れていかれたんだと気がついた。母親を助けに、江戸へいかなければならないと思った。

「江戸の悪い人って、誰だい。男の人か、女の人か。どうしてその人が悪い人だとわかったんだい」

しかしお千代は悪い人が男か女かも知らない素ぶりだった。

そもそも悪い人が本当にいたかどうかも、お千代の言い方でははっきりしない。

お千代はそれ以上は泣くばかりで、何も言えなくなった。

にぎり飯がふるえる指の間からぼろぼろとこぼれた。

下番や門番が、お千代の泣き声を聞いて、勝手へ顔をのぞかせた。

龍平は懐《ふところ》から手拭《てぬぐい》を抜き、お千代の涙を拭ってやった。

「大丈夫だ。母ちゃんは必ず戻ってくる」

龍平は言ってから嘆息をついた。

嫌《いや》なわけが、それもやりきれないわけがありそうだなと、感じていた。

三

半刻《はんとき》（約一時間）後、谷中八軒町の家主・安兵衛が、無地の羽織袴《はおりはかま》をつけてあたふたと奉行所の小門を潜った。

安兵衛は同心詰所にあがり、龍平の傍《かたわ》らにぼんやり座っているお千代を見て驚いた。

「こういうことなんだ。安兵衛さん、お千代は知ってますね」

「知ってるも何も、夕刻ごろお千代を見かけたという近所の者がおりましたもので、まさかそんなはずはないだろうと思っておりましたのに、これはなんとしたことでございましょう。お千代、お宮は、いや母ちゃんはどうした。今でも膝折にいるんだろう」

お千代は俯《うつむ》いていた。

「それがね、安兵衛さん。お宮は膝折にはいないんだ。お千代は母親が江戸にいると思って、ひとりで捜しに出てきたらしい」

ははあ……安兵衛は、ありそうなことだと膝を打った。

「お宮がどういう母親だったのか、安兵衛さんならご存じだろう。亭主は大工の剛蔵、お宮はお千代を連れて、一昨年の正月、剛蔵と所帯を持った。ところが剛蔵は、なぜかお宮とお千代を残していなくなった。そこらへんの事情から安兵衛さんの知ってるところを聞かせてもらいたいんだ」

「まったくもって、人とは因果な性分でございますなあ」

詰所の角行燈の薄明かりが、安兵衛の五十年配のうかぬ顔を映した。

「剛蔵は腕のよい大工でございました。年は確か、今年三十九。八軒町のわたしどもの店に住み始めて十五年に相なります。寛永寺《かんえいじ》の門前町の重吉《じゆうきち》さんのもとで手間仕事を受け、さして悪い評判を聞くこともない一本気な、大工ひと筋の男でございました」

「ふむ。ずっと独りだったのかい」

「はい。たまたま縁がなかったと申しますか、めぐり合わせが悪く、三十半ばすぎまで独り身でございました」

「腕のいい大工職人なら手間賃も高い。話はいろいろきそうなもんだが、三十半ばすぎまで独り身だったのは、剛蔵に何かわけがあったのか」

「いくつか話があったことはうかがっております。さようですね、強《し》いて申せば、剛蔵は力は人並以上に持っておりながら背丈が五尺（約一五〇センチ）足らずの小柄な男で、目鼻だちも含め、あまり見栄《みば》えのしない容貌でございました。ま、容貌で男の値打ちが決まるもんでもなし、それが原因とは思いませんけれど……」

安兵衛は膝の上で両指を組み、物憂《ものう》げに続けた。

「それと、剛蔵は気風《きっぷ》のいい大工職人にしてはちょっと金に細かいところがございまして、金銭のことになるとすぐむきになり、人ともめ事を多少抱えていたかもしれません。ただ根は臆病《おくびょう》な気の小さい男なのはわかっておりましたし、近所づき合いもそれなりにこなしておりましたから、あんまり金に細かすぎるのもよくない、もう少し自分を抑えて気を楽にかまえていれば、今にいい嫁が見つかるよと、本人に言って慰《なぐさ》めたこともございました」

そんな剛蔵にとって、お宮がいい嫁だったかどうかはわからない。

二年前の正月松の内、家財道具を積んだ大八車《だいはちぐるま》を剛蔵が引き、お宮が押して谷中八軒町の店へ越してきたとき、安兵衛も長屋の住人も目を瞠《みは》った。

少し下ぶくれの色白に艶《つや》めいた愛想《あいそ》笑いをふりまきつつ、紅い唇から綺麗な糸きり歯をこぼし、島田《しまだ》に笄《こうがい》、紅絹裏《もみうら》の小袖《こそで》を着こなしたお宮の歩く姿は、柳橋《やなぎばし》の芸者が道を間違えて裏店にさ迷いこんだかに見えたという。

大八車には布団《ふとん》などの夜具に小簞笥《だんす》と行李《こうり》やら黒檜《くろひのき》の唐櫃《からびつ》やらが積んであり、その唐櫃に幼いお千代がちょこなんと腰かけていた。

上背のない風采《ふうさい》のあがらない剛蔵と、子連れとはいえそんな器量よしのお宮とでは、似合いの夫婦には見えなかったから、剛蔵はどこであれほどの相手と懇《ねんご》ろになったんだろうと、安兵衛は人の縁《えにし》の不思議を思った。

人別によれば、お宮の生まれは武州新座郡《ぶしゅうにいくらごおり》の膝折宿膝折村。十五のころ江戸へ奉公に出て、奉公先をいくつか渡り歩き、二十歳のときにお千代を産んだ。

そのころお宮は、神田松枝町《まつえだ》で妾《めかけ》奉公をしていた。

だが、お千代は旦那《だんな》の子ではなく、どうやらお宮の不義の相手の子らしく、それが原因《もと》で奉公先をしくじったと、安兵衛は人伝《ひとづて》に聞いていた。

それからのち、お宮がどこでどう暮らしを立ててきたか、詳しい事情は人別帖だけではわからない。

ただ、故郷の膝折の百姓に戻る気はなかったのか、女手ひとつでお千代を養いながら住まいや勤め先を転々とし、剛蔵と知り合ったときは橋場《はしば》の真崎稲荷《まつさきいなり》の酒楼《しゅろう》・柊家《ひいらぎや》で仲居勤めをしていた。

剛蔵が偶然、柊家にあがってお宮を見初《みそ》めたのがきっかけで、お宮をくどき落したとか、お宮の方から女に初心《うぶ》な剛蔵を手練手管《てれんてくだ》で籠絡《ろうらく》したという噂《うわさ》が流れたが、これも真偽のほどは知れない。

ともあれ剛蔵の女房になったお宮の近所の評判は、初めは悪くなかった。

朝、剛蔵に弁当を持たせて送り出し、お千代には手習いに通わせ、昼間は掃除、洗濯、裁縫、そして夕刻は腹を空かせて戻ってくる亭主の飯の仕度《したく》と甲斐《かい》がいしく務め、裏店住まいに馴染《なじ》む姿が女房らしくなっていた。

いい女房じゃねえか、近ごろ剛蔵の男っぷりもあがったねえ、などと近所の評判になるくらい、夫婦仲もまずまずだった。

初めは不釣合いな剛蔵とお宮を気にかけた安兵衛も、月日がたつにつれ、案外似合いの夫婦じゃないかと、思うようになっていった。

ところが――

お宮のよくない噂が裏店に流れ出したのは、二年がつつがなくすぎた今年の夏の初めだった。

それは、近所のおかみさんたちの間でささやかれていた、お宮らしき女と背の高いちょいといい男が池之端《いけのはた》の出合茶屋に入るところを見かけた者がいる、という話から始まったのだった。

その話を安兵衛店のおかみさんのひとりが聞きつけ、近所のおかみさんたちに話した。それがたちまち噂になって裏店に広まったのだった。

噂にすぎなかったが、安兵衛は気になった。

おかみさんたちにそれとなく訊《たず》ねると、そのころお宮は家事の合間に裁縫で手間賃を得る内職を始めており、内職の材料の布地の受けとりや仕あがった裁縫物を届けるため、昼間、出かける機会が多くなっていたという。

その折り、お宮はいく分所帯やつれの見え始めた素顔に薄化粧をほどこし、若やいだ小袖の艶姿《あですがた》に着替え、いそいそと出かけていくところを住人にしばしば見られていた。

また、手習いから帰ってきたお千代がお宮の用意しておいた昼飯をひとりで食べていたり、午後の七ツ（午後四時頃）近くになって、お宮が慌てて路地を戻ってくるような姿も、ときどき見かけられたらしい。

「あんなにたびたび出かけるのは、いくらなんでもおかしいですよ」

「そうそう。仕たて物を届けるだけで、あんなにめかしこんでさ」

「剛蔵さんが知ったらただじゃすみませんよ。今のうちに大家さんから、何か言ってやった方がよかありませんか」

とわけ知り顔で安兵衛に言う住人もいた。

確かに噂が剛蔵の耳に入るのは、時間の問題だとはわかっていた。

と言って、安兵衛には噂だけで夫婦の間に波風をたてるのもはばかられた。

「あれは、夏の終わりのことでございました」

と安兵衛は、剛蔵とお宮の大喧嘩《おおげんか》があったことを話した。

昼下がりの路地を、お宮が着物の裾《すそ》を乱し裸足《はだし》で逃げまわり、後ろから剛蔵が追いすがってお宮を激しく打擲《ちょうちゃく》し、傍らではお千代が泣いていた。

住人が止めに入っても、剛蔵はそれをふりほどいて路地端にうずくまるお宮に拳《こぶし》を浴びせた。

顔面蒼白《そうはく》の青鬼のような形相《ぎょうそう》だったと、安兵衛は言った。

可哀想《かわいそう》なのは、傍らでなす術《すべ》を知らず泣いている幼いお千代だった。

「いい加減にしないか。子供が見てるだろう」

安兵衛は二人の間へ入った。

数人がかりでようやく剛蔵をとり押さえると、怒りの収まらないしどろもどろの口調で、

「この売女《ばいた》、男の名ぁ、吐《は》け。ぶっ殺してやる」

安兵衛はたしなめたが、思ったとおり喧嘩の理由はお宮の間夫の噂だった。

間夫の噂が真実なら、やっかいなことになる。

最近でこそ五両から七両二分の内済《ないさい》ですます場合が多くなっていると聞くものの、ひと昔前なら姦夫姦婦《かんぷかんぷ》とも死罪である。

安兵衛は訊ねた。

「噂はわたしも聞いてるが、お宮さん、どうなんだい」

「そんな、出合茶屋へ入っただなんて、根も葉もない噂です」

お宮はおろおろしながらも、必死に言いはった。

だが逆上した剛蔵は、罵倒《ばとう》を繰りかえすばかりだった。

「てめえ、我慢ならねえ。ぶっ殺してやる」

「馬鹿なことを言うんじゃない。証拠があって言ってるのかい」

だが、お宮以外、誰も本当のことは知らなかった。

安兵衛自身、内心疑いつつも、その場を収めるためにお宮の肩を持った。

けれどもそれ以後、剛蔵がお宮を売女と罵《ののし》り、折檻《せっかん》を加え、そのたびにお宮の悲鳴が路地に響き渡るようになっていた。

安兵衛は何度か仲裁に入り、夫婦の間をとり持った。

仲裁に入った当座は、剛蔵もお宮も安兵衛の言葉に従うのだが、数日もすぎるとまた剛蔵の激しい罵倒と折檻が始まり、お千代の泣き声が聞こえてくるという始末だった。

そうなると、安兵衛には手の打ちようがなかった。

ただ不思議なことに、剛蔵とお宮は喧嘩を繰りかえしながら、これまでどおりの所帯を営み続けていた。

剛蔵はお宮を追い出さなかったし、お宮も出てはいかなかった。

お宮は裁縫の内職を辞めて昼間出かけることも控え、表向きは女房の務めを果たしていた。

「そんなものかもしれん。いずれときがそれなりに収めてくれるだろう」

安兵衛は思いかけていた。

そんな折り、剛蔵が姿を消したのである。

冬になった今月十月上旬の朝、お宮がお千代を連れ、ぽつっと安兵衛の宅を訪ねてきた。

お宮は、一昨日《おととい》の夜、剛蔵が家を出ていったきり帰ってこないのでどうしたらいいのだろう、と相談にきたのだった。

「うちの人、あたしの言うことを信じてくれなかったんです」

お宮は涙をこぼしつつ言った。

一昨日の夜、剛蔵がひどく酔っぱらっていたので、いい加減によしたらと止めると、剛蔵はむかっ腹をたて、お宮を殴る蹴るの暴行がまた始まったらしかった。

確かに、一昨日の夜更け、剛蔵とお宮の喧嘩の激しい物音やお千代の泣き声が続くので、隣のおかみさんが心配して戸の外から声をかけた。

するとお宮の声が、

「ごめんなさい。うちの人がちょっと酔っぱらったもんですから。もう寝入ってしまいましたので」

と平然とかえってきたというのは、安兵衛も聞いてはいた。

お宮によると、鼾《いびき》をかいていた剛蔵がむっくりと起きあがり、それから何も言わず、ふらふらと家を出たまま帰ってこなくなったという。

お宮は昨日、上野の棟梁《とうりよう》の仕事場や思いあたる場所を訊ね歩いた。

けれども剛蔵はどこにも顔を出していなかった。

安兵衛は、困ったもんだと頭を抱えた。

「しょうがない男だね。とにかく、もう一日様子を見てみよう」

と、そのときは一旦お宮とお千代を家へ帰した。

だがその日の午後遅く、大伝馬町《おおてんまちよう》の町飛脚《まちびきやく》が安兵衛の家に現れ、剛蔵の文《ふみ》が届けられたとき、安兵衛はことのなりゆきに困惑を通り越し、呆《あき》れかえった。

「なんともはや、まったく人とは因果な性分でございますねえ」

安兵衛は因果を儚《はかな》み、折り封をした剛蔵の文を龍平の前においた。

「飛脚屋が届けたのはこれでございます。内容は、おれはこのまま上方《かみがた》へ上《のぼ》って大工の修業をしなおす、当分戻らないので、お宮には別れてやるから勝手にしていいと伝えてほしい、店賃《たなちん》の残りは己の家財道具を始末して、それをあててくれと、そのようなことが書かれてございました」

龍平は封を開き、その短い文を読んだ。

乱雑なひらがなばかりの文字で書かれ、

《なにとぞおねがひまいらせさふらふ　やすべえさま　ごうぞう拝》

と結んであった。

「これは、剛蔵の文に間違いないのか」

「と申しますか、このような文を飛脚に頼めるのは剛蔵以外に考えられませんし、剛蔵がほかに文字を書いた物など誰も持っておりませんから、本人が書いた文かどうか、字を確かめることもできません」

龍平は傍らのお千代へ顔を向けた。

お千代は疲れきって、うつらうつらと小首をゆらしていた。

「剛蔵はどこからこの文を飛脚に頼んだのだ」

「飛脚屋が申しますには、前日、東海道の戸塚《とつか》宿でたまたま小柄な旅の男から声をかけられ、おれは剛蔵という、江戸へ戻る便ならこれを谷中八軒町の安兵衛まで届けてくれろと、書状一通分の並便の銀三分《ぶ》で頼まれ、飛脚屋も書状一通ぐらいならついでだからと、引き受けたそうでございます。ただ驚いたことに剛蔵と名乗った男は、女連れだったそうでございます」

「女連れか。通行手形はどうした」

「それがでございます。元より通行手形など渡しはしませんし、まさか関所破りなど、そんなだいそれたことのできる男ではありません。女連れがまことなら、上方へ修業と言うのは口実で、お宮との所帯がうまくいかないのでかっとなり、深い考えもなく駆け落ちしたというのがせいぜいで、ひと月もして熱が冷めたら、戻ってくるのではないかという気がしてなりませんでした……」

「お宮は、剛蔵を待たず、お千代を連れて膝折へ越していったのだな」

「はい。この文を見せましたところ、お宮はやっぱりと頷いて、夫婦仲が冷えてしまってから剛蔵に女ができた気配は感じていたようでございます」

「剛蔵に女がいたのか」

「お宮はそう申しておりました。こういうこともあろうかと、覚悟はしていたし、お宮自身も男はもうこりごりと思っていた。それで、郷里の膝折の親戚に世話になる話を前から進めておったらしく、翌朝には荷物をまとめて」

「翌朝とは、ずいぶん慌《あわ》ただしいな」

「さようでございますねえ。大八車に長屋へ越してきたときと同じ布団袋やら行李やら唐櫃やらの荷物を積んで、今度はお宮自身が車を引いて、このお千代が後から押しておりました。あんまり可哀想なので、番太郎に膝折まで大八車を引いていってやるように、申しつけました。お宮は遠慮しておりましたが、結局は番太郎が引いて、越していったんでございます」

うつらうつらしていたお千代が、目を覚まし、ぼんやりと相槌《あいづち》を打った。

「そのお宮が、お千代をおいてなぜいなくなったんだろう」

龍平と安兵衛がお千代を見ると、お千代はか細い声で言った。

「母ちゃんは、悪い人に連れていかれたんです」

「お千代は母ちゃんを連れていったその悪い人を、知っているのか。その人はどうやって母ちゃんを連れていったんだ」

お千代は黙っていた。

「安兵衛さんは、噂になったお宮の間夫の心あたりは、何かありませんか」

「まったく。うかつでございました。やっぱり噂は本当だったのでございましょうか。噂がまことなら、お宮はその間夫と……でしょうなあ」

四

その夜の当番方与力は、新任の若い松尾要《まつおかなめ》だった。

松尾は、落縁下の砂利《じやり》土間に敷いた莚《むしろ》に這《は》うようにうずくまるお千代と、つき添いの安兵衛を無表情で見おろしていた。

お千代は継裃《つぎかみしも》の松尾のほかに補佐役の年寄同心と物書同心に怖気《おじけ》づいて、小刻みにふるえていた。

松尾は手丸提灯を手にし、二人の傍らに控える宿直の龍平を見かえり、

「ひぐれ、これはどういうことだ」

と少しとがった口調で訊ねた。

「はっ。ただ今お千代と添人の安兵衛がお願いの訴えを申しましたとおり、お千代は母親、お宮の行方を追って出府いたしました。しかしながら広い江戸の町でお千代には母親を見つけるあてもなく、思案にくれた挙句《あげく》、奉行所のお力添えを願い出たものでございます」

「要するに、子供を捨てて間夫に走った愚かな母親を尋ねている、ただそれだけ

のことだな。この娘は奉行所に何をしてほしいのだ。愚かな母親を捜し出し、姦通の罪科《つみとが》で姦夫姦婦ともに仕置きを求める訴えなのか。それとも、子を捨てた不埒《ふらち》な母親に、まっとうな母親の道に戻れといさめてほしいのか」

松尾は、それしきのこと、奉行所に願い出るほどの訴えかという顔で言った。

「お千代が今住んでおるのは膝折宿だな、そちらの役人に母親の失踪を届けるか、そうでなければ添人の谷中八軒町家主・安兵衛、おのれの店子《たなこ》でもないのにご苦労であるが、その方らでお宮を捜すことはさほど難しくはなかろう」

安兵衛は莚に手をついて、

「へへぇ」

とかしこまった。

龍平は言った。

「確かに、その程度のことですむ願いかとも思われます。ですが、お千代は子供ながらに、母親が姿を消した理由に何かよからぬ事情が隠れているのではと危惧《きぐ》しております。一応は奉行所で調べた方がよいのではありませんか」

「どうせそのような女は、今ごろ、間夫のもとで埒もなく戯《たわむ》れておるのだ。それともお千代、何か母親の身に不審な出来事でもあったのか。そういうことがあったのならそれを申せ」

お千代は声をふるわせ言った。

「お願いでございます。母ちゃんを助けてください」

「助けてくださいと繰りかえすだけでは、わからんではないか。おまえは母親の姦通の相手を知っておるのか」

「かんつう？」

お千代は訝《いぶか》しげに顔をあげた。

「そうだ、姦通だ。姦通の罪科はおまえの母親も相手の男も、晒《さら》しのうえ、死罪なのだ。それでも奉行所に調べてほしいのか」

お千代はふるえあがり、しくしく泣き出した。

「泣かずともよい。大丈夫だ、そんなことはない」

龍平はお千代の背中をなでて慰めた。

松尾はさすがに十歳の子供を相手に威《おど》しがすぎたと思ったのか、補佐役の年寄同心と物書同心へ苦笑いを向けた。

年寄と物書同心は、松尾に薄ら笑いをかえしていた。

「わかった。ではお千代の願いを仮に受けつけておこう。ひぐれ、おぬし、掛《かかり》はなかったな。おぬしが受けた一件だ。おぬしがお宮捜しの掛を務めよ。お宮に何かよからぬ事情が見つかれば、あらためて願いなり訴えなりを奉行所に出しなおせばよかろう」

松尾は、この夜更けにいったい何ごとかと思えば埒もない、というような顔つきで言った。

五

翌朝、龍平は神田堀に架かる乞食橋を渡り、竪大工町の口入れ屋《梅宮》を訪ねた。

龍平が顔をのぞかせると、すぐに梅宮の主人・宮三が雪駄《せった》を鳴らして表に現れた。

「旦那、わざわざのお運び、おそれ入りやす」

「盛況だな」

龍平は、店の前土間で順番を待つ客に対応している、顔馴染みの番頭と手代に会釈を送って言った。

「お内儀《ないぎ》さまも菜実さまも順調でいらっしゃいますか。早《はえ》えもんで、菜実さまがお生まれになって、もうひと月がたちやした」

「親分にはいろいろ気づかってもらって、礼を言うよ」

「お気になさらずに。ほんの形ばかりでございやす」

「ところで、今日はまた親分の力を借りにきた。今度は人捜しだ」

「任せてくだせえ。人捜しはあっしの手の内だ。もうすぐ手が空きやすので、奥でちょいとお待ちくだせえ。寛一、かんいちぃ」

寛一が内証の暖簾《のれん》を払って現れ、

「おっと旦那、そろそろお見えになるころかと、お待ちいたしておりやした」

と調子よく声をうわずらせた。

客座敷へ通され、宮三の女房が湯呑と茶菓子の盆《ぼん》を運んでくる。

町家らしく座布団を龍平にすすめ、ひと月がたった菜実の様子をあれこれ話しているところへ、宮三と寛一が現れた。

寛一はすっかり出かける気分で、いつものちょっと明るすぎる萌黄《もえぎ》の羽織を羽織っている。

萌黄の羽織の裾が、神田川の朝風になびいた。

筋違橋《すじかい》を渡って、下谷《したや》お成街道を下谷広小路へとった。

三橋を渡って黒門だが、その道と分かれ、不忍池弁才天《しのばずのいけべんざいてん》を左に見て上野山裾の武家地を感応寺《かんおうじ》の方角に抜けると、谷中八軒町にぶつかる。

「これはこれはひぐれさま、昨夜はお疲れさまでございました」

家主の安兵衛が龍平と寛一を出迎えた。

「夕べは世話になった。お千代は家で休ませている。明日にはうちの者に連れてこさせるから、やっかいをかけるよ」

「はい。承知いたしております」

「膝折の親戚には迎えを寄越すように、今朝方、文を出しておいた」

お千代は迎えがくるまで安兵衛が預かることになった。

ただ、昨夜は疲れがひどいので同心詰所の勝手で休ませ、龍平の宿直が明けてから亀島町の屋敷に連れて帰っていた。

龍平と寛一は、路地奥の剛蔵とお宮お千代の親子が住んでいた店へ、安兵衛に案内された。

二階に四畳半、階下が六畳と台所の板敷と落ち間の住まいで、大工職人の剛蔵のさほど貧しくはない暮らしぶりがうかがえた。

お宮は、土間も部屋も棚や何やかやも、綺麗に片づけてここを出たようだ。ただ剛蔵の家財道具はまだ処分せずに残っており、大工道具の木箱が六畳の隅《すみ》にぽつんと放ってあった。

修業に上方へいくとはいえ、剛蔵はこの道具を未練もなく捨てたのか。

龍平にはちょっと妙な気がした。

「気性はともかく剛蔵は腕のたつ大工だと、安兵衛さん、仰《おつしや》ってましたね」

「はい。そっちの方は腕がいいと、うかがっております」

「道具は職人の命だ。剛蔵はこれも売り払っていいと思っているのかな」

「はあ、さようでございましょうねえ。たぶんあの男は……」

龍平は安兵衛が話すのを聞きながら、六畳間の竹格子の明かりとりから、井戸端で洗濯をしている四人のおかみさんらを見た。

おかみさんらの間でお宮の評判は、やはり芳《かんば》しくなかった。

お宮の失踪と、昨日、お千代が母親を捜して膝折から江戸へ出てきた噂は、もう八軒町の裏店に広まっていた。

「お宮さんは、膝折の田舎で静かにしているような人じゃありませんよ」

おかみさんのひとりが言い、周りのおかみさんらは、そうだったよねと顔を見合わせ頷き合った。

「お宮さんには男がいたんですよ。あたしゃあ、お宮さんが出合茶屋に男と入るところを見たって、あちこちから聞きましたよ」

「剛蔵さんがむかっ腹をたてて家を出ていったのも無理はない、悪いのはお宮のほうだって、うちの亭主も言ってましたよ」

「きっと、男に抱かれたくて、我慢できなかったんだね」

「昔、馴染みがあった男だって言うじゃないの」

おかみさんたちはどこで聞いたのか、口々に言い合った。

ただ、間夫の噂はさまざまにしても、誰も男の姿を見てはいなかった。

今月初めの剛蔵が家を出た夜、剛蔵とお宮の間にあったらしい諍《いさか》いについてもそうだった。

路地をお宮が逃げ回り剛蔵が追いかけるというような大喧嘩ではなかったけれど、口喧嘩や剛蔵の折檻は茶飯事になっていたから、あの夜もまたやっているよと思ったぐらいだった。

それと、剛蔵が夜更けのいつごろ出ていったのか、誰も知らなかった。

「まさか、剛蔵さんが出ていくとは思いませんでしたからね。お宮さんに、出ていけって言うならわかりますけど」

「そうそう、剛蔵さん、吝《しわ》い人だったからたんまり溜《た》めこんでいたって聞くけど、その金は持って出たんだろうね」

「あたり前だろう。あんたの心配することっちゃないよ」

おかみさんたちは剛蔵が溜めこんでいたと、実際にその金を見たかのような口ぶりだった。

そういえば、安兵衛が金に細かい男と言っていた剛蔵が、自分の家財道具の処分を人任せにして出ていったのも解《げ》せない。

路地の木戸番の砂吉《さきち》は、お宮の大八車を川越街道の膝折宿まで引いていった男だった。

番小屋では川越の焼き芋を売っていて、軒に《焼き芋》の小旗を吊《つ》りさげ、小屋の中には香ばしい匂いがこもっていた。

砂吉は大八車を引いていったその日の記憶を、たどりたどり語った。

「荷物は全部お宮さんが拵《こしら》えていたし、ちょっとだったからたいしたことはございませんでした。布団袋に、小箪笥、着物を入れた柳行李が二つと、これだけはちょいと大きくて重たかったが、碗やら皿やらこまごました道具を仕舞った唐櫃、ほかには漬物の臭いのする壺《つぼ》、そんなもんでしたかね」

「あっしが大八車を引いて、お宮さんが後ろから押して、お千代は唐櫃の上に乗せましてね。川越街道を膝折についたとき、日はだいぶ西に傾いておりました。膝折宿から北の新河岸《しんがし》川の方へ四半刻《しはんとき》（約三〇分）もかからねえ道をとった、静かな村でございました。母屋から離れたところに古い小屋があって、そこまで引っぱっていきました。荷物をおろしたら、お宮さんがもう遅いので、すぐ江戸に戻って大八車をかえしてくれろと、心づけをいただきました」

龍平と寛一は、谷中八軒町から剛蔵が手間仕事を受けていた上野の棟梁・重吉を訊ねた。

重吉は浅草寺《せんそう》雷門《じかみなりもん》門内の妙見《みようけん》弁才天寿命院修復の普請場にいた。

「真崎稲荷の柊家に剛蔵を連れていったのはあっしでさあ」

五十半ばの日に焼けた重吉が、皺《しわ》の多い顔を歪めて言った。

「柊家は浅草川の眺めがいい酒楼でね。お宮はそこの仲居だった。剛蔵はひと目惚れで、根が女に意気地のねえ男なもんだから、手とり足とり尻を押してやって金も使って、やっと所帯を持った女でやした。それがこんなことになっちまって、しまらねえ話ですぜ」

剛蔵の駆け落ちのことを訊いてみると、

「剛蔵が駆け落ちした女？　あの野郎にそんな女がいたのかねえ。おい、剛蔵の女の噂を聞いたことがあるかい」

重吉は高い木組の上で金槌《かなづち》を使っている職人らに声をかけた。

「剛蔵に女がいるわけねえよ。あの面《つら》で金に吝くて、おまけに形《なり》とおんなじで肝っ玉がこんまくてよ、女なんぞいやしねえよ」

職人らが重吉と龍平、寛一を見おろして笑った。

「野郎のことだから、どうせどっかでうじうじしてやがんだよ。あの器量のいい自慢の女房を放すわけねえよ」

「上方へ修業の旅に出たってえのはどうだい」

「ないない。そんな殊勝な心がけなら、間夫に女房寝とられたりするもんか」

「お宮の間夫がどんな野郎かは知らねえな。けど、剛蔵のやつ、女房に男がいるらしいとべそかいてやがった」

「お宮は魔性の女だよ。器量はいいが評判は悪いね。これまでの男出入りも、ゆきずりを含めたら、両手両足の指を合わせても足りねえって噂だぜ」

「そうそう。連れ子の娘がいるそうだが、父親が誰かもわからねえらしい」

お宮の間夫の噂は、大工職人の間でもだいぶ前から広まっていたようだ。

剛蔵が姿をくらました経緯《いきさつ》も、みなわかっていた。

ただ、そこでもお宮の男の手がかりはなかった。

重吉の普請場を辞し、雷門から大川《おおかわ》橋と呼ばれる吾妻《あづま》橋の袂から浅草川の岸道を橋場へ向かった。

川向こうに向島《むこうじま》の葉を散らす並木が、昼の光を浴びている。

「お宮も剛蔵も、散々だな」

「お宮というのは、男をまどわす魔性の女なんでやすか」

「噂だ。噂は勝手に尻尾《しっぽ》や羽が生えるのさ。真偽はわからん」

「けど、火のないところに煙はたたねえって言いやすぜ」

「寛一もまどわされてみたいか、魔性の女に」

「ええっ？　と、とんでもねえ」

「ふふ……おれはお宮に会ってみたい。お宮は魔性の女かもしれんが、お千代にとっては恋しい母親だ。人にはいろんな顔がある。どれも本物だが、どれも人の全部じゃない」

寛一は龍平の背中で、わかったようなわからないような顔をかしげた。

「寛一、柊家で話を聞くついでに昼飯を食おう。真崎稲荷の酒楼では田楽豆腐《でんがくどうふ》が名物だそうだ。数寄屋づくりの二階で、墨田《すみだ》の風景を眺めながらな」

「ありがてえ」

墨田堤は、北の青空の彼方《かなた》へのびやかにつらなっていた。

両岸の石を畳んだ切岸《きりぎし》が終わり、蘆荻《ろてき》の茂みが土手や岸辺をおおっていた。

六

お宮が真崎稲荷の柊家に勤めていた期間は、一年と十ヵ月ほどだった。

真崎稲荷の前が鉄砲洲の本湊《ほんみなと》町、その前が日本橋の米沢《よねざわ》町だった。

龍平と寛一は橋場の渡しで猪牙《ちょき》を雇い、隅田川をくだって本湊町、そこからまた舟で大川をさかのぼって薬研堀《やげんぼり》は米沢町へと、お宮の過去をたどった。

訊きこみを続けるうちに、お宮がそれぞれの町の裏店に幼い子供と住み、茶屋や酒楼、旅籠《はたご》の仲居勤め、夜は裁縫で手間賃を稼ぎながら、女手ひとつで懸命に子供を養ってきた年月が浮かんできていた。

米沢町三丁目でお宮が住んでいた久右衛門《きゅうえもん》店の家主・久右衛門が言った。

「小っちゃな子供を抱えてね、さぞかし大変だったろうが、よく働く女でしたし、おまけに器量よしだった」

お宮が働いていた両国や本湊町の料亭の雇い主らの間では、お宮は働き者の感心な、しかも美人の母親という評判だった。

意外にも、噂されているような男の影はほとんど見えなかった。

言い寄る男がいた話も聞けたが、しかしお宮のこの十年は、男より子供を育てることにひと筋の暮らしだったことがわかる。

米沢町から伊勢町の井筒屋《いづつや》を訪れたときは、冬の日も暮れなずんでいた。

井筒屋の大旦那は、十年前まで神田松枝町にお宮を妾にかこっていた七十すぎの老商人だった。

お宮は井筒屋の妾奉公をしていたとき、お千代を産んでいる。

未だ衰えぬ風格を見せる大旦那はお宮をよく覚えていて、老境の笑みを懐かしげに遊ばせつつ言った。

「年は若かったが、仕種や表情にえも言われぬ媚《こび》のある女でした。色白の吸いつくようなしっとりとした肌をしており、恥ずかしながら、いい年をして少々のぼせました。子供ができましてな。わたしの子供ではなかったんです。わたしはかまわなかった。産んだ子は里子《さとご》に出して、それまでどおり奉公させるつもりでおりました。ところがお宮がわたしに顔向けができぬと申しましてな。本音は相手の男と所帯を持って産まれる子を自分の手で育てたい一心で、口実に言っただけかもしれませんが……。相手は遊び人を気どったつまらぬ男でした。やくざの喧嘩に巻きこまれて子供が生まれる前に刺されて死んでしまいましたがな。別に惚れたわけじゃ、ありゃしません。お宮はそういう女なのです。言い寄られると、どんな相手であろうと、ついほだされて拒《こば》めない。ゆきずりの相手だとわかっていても、可哀想になってしまい、かえって情が湧《わ》くんでしょう。弱いと言えば弱いが、情が深すぎるんです。本当に惜《お》しい女でした」

情の深すぎる女、働き者で子供を懸命に育てていた女、亭主の目を盗んで間夫のもとに出かける女、そして自分の子供をおき去りにした女……

その全部がお宮なのであり、その全部に、どこかしら痛々しくひたむきな女の性《さが》を龍平は感じた。

翌日の朝、麻奈はお千代の髪を梳《す》いてやり、麻奈の子供のころの着物に着替えさせて、身綺麗にお千代の身形《みなり》を拵えた。

お千代は、一昨夜、奉行所に現れたときの薄汚れた悲愴《ひそう》な様子から、見違えるほど明るい十歳の童女らしい顔つきに戻っていた。

「お千代、よく似合うぞ」

龍平が言うと、お千代は恥ずかしそうに微笑んだ。

「お千代ちゃんはお母さん似なのかしら。明るい色が映えるわね」

麻奈は身づくろいをすませてやり、お千代の細い肩をなでて言った。

そして、お千代の背負う粗末な風呂敷へ、

「わずかだけど、これで何か買ってお食べなさい」

と銭十疋《ひき》を包み入れ、持たせた。

亀島町の組屋敷を出るとき、舅の達広に姑の鈴与、菜実を抱いた麻奈、そして俊太郎が家の外に出て見送った。

「お千代、また遊びにおいで」

俊太郎が声をかけた。

「坊っちゃん、ありがとうございました。みなさん、ありがとうございました」

お千代は昨日の朝からたった一日のふれ合いにもかかわらず、目を潤《うる》ませた。

お千代の心が、それだけ人を恋しがっていたのだろう。

「いこうか」

龍平の後に、お千代と松助が従った。

八丁堀から日本橋通り南へ出ると、大通りは、朝五ツ（午前八時頃）前のその刻限から商人や旅人、勤め先へ急ぐ侍がいき交い賑わっていた。

龍平はお千代へふりかえった。

「じゃあお千代、おじさんとはここまでだ。この松助のおじさんが安兵衛さんの家まで送ってくれる。安兵衛さんの家で膝折からの迎えを待って、迎えがきたら親戚のおじさんの家へ帰るんだぞ」

お千代は龍平にこくりと頷いた。

「母ちゃんは必ず見つけてやる。安心して膝折で待っていたらいい」

お千代はそこでまた涙を少しこぼした。

「母ちゃんはすぐ見つかるさ。泣くんじゃない。さあ、いきなさい」

龍平はお千代の涙を拭ってやり、薄い背中をそっと押した。

お千代は通りに佇む龍平を何度もふりかえって、人波の中にまぎれていった。

龍平は、ふ、とため息を吐《つ》いた。

昨日一日、お宮の行方についての手がかりは得られていない。

たとえお宮が見つかったとしても……

それを思うと、龍平の歩みは重くなった。

「ひぐれ、今日、上村《うえむら》が病欠なんだ。代わりに評定所立会《ひょうじょうしょたちあい》を務めてくれ」

その朝、龍平は梨田冠右衛門に年寄同心詰所へ呼ばれ、いきなり評定所立会を命じられた。

「はっ」

平同心の龍平に否《いな》やはない。

評定所立会とは、三奉行が立ち会う三手掛《さんてがかり》などの評定に列席する奉行の乗物の供をして、伝奏屋敷隣の評定所での評定に立ち会うのである。

目付、大目付が立ち会う四手掛、五手掛もある。

与力二人、物書同心一人、平同心四人が出役し、卯《う》刻（午前六時）より申《さる》刻（午後四時）まで評定が開かれる決まりだが、実情は決まりどおりではない。

そこらへんは適当なのである。

朝五ツすぎに奉行の乗物に従って評定所へ向かい、昼八ツ（午後二時頃）にはもう奉行所へ戻っていた。

奉行所に戻った龍平は、与力番所の松尾要に昨日一日のお宮捜しの詳細と、願いを出した童女を膝折に帰す手配をすませた報告をした。

松尾は、

「ああ？　ああ」

と忘れていた仮受けつけを思い出して首をふった。

仮受けつけということは、結局何も受けつけてはおらず、龍平に適当に処理をしておけという意味なのである。

わかるだろう、融通《ゆうずう》を利かせろよ、というににやにや笑いをしていた。

与力番所を出るとき、背中で松尾と同じ年ごろの若い与力が、
あいつ、旗本だって……その日暮らしかよ……

とささやき合う声が、くすくす笑いにまじって聞こえた。

奉行所表門を出ると、寛一が表門前の腰かけ茶屋から萌黄の羽織の裾をひるがえして駆けてきた。

「寛一、すまなかった。評定所立会でさっき戻ったところだ」

「へい。今日は公事人《くじ》が少なかったもんでやすから、茶屋のおじさんと暇同士《ひま》、ずうっと喋《しゃべ》くってたんで顎《あご》がくたびれやした」

寛一が屈託なく笑って、後ろに従った。

七

「それならたぶん、孝太《こうた》という者でございましょう。かれこれ八日ほどになりますかな、勤めを辞《や》めましてもうおりませんが」

大伝馬町で町飛脚を営む天満屋《てんまや》の主人が、客が出入りし使用人が立ち働く店先で龍平と寛一に言った。

「辞めた？　八日ほど前？　ほう……その孝太という者が天満屋さんを辞めたわけは？」

「詳しいわけは存じません。なんでも知人に金を出してくれる者がいるので、小料理屋を開きたいとか申し、突然に、はい」

「飛脚が小料理屋か。孝太の年はいくつだ」

「今年、三十七でございます」

「どんな男だ」

「そうでございますね。飛脚の仕事を知りつくしておる男でございます。二十歳くらいから飛脚を生業《なりわい》にしてまいり、江戸と上方ばかりではなく、ご府内から全国津々浦々《つつうらうら》まで書状そのほかを運ばせておりました。孝太は全国を回っておりましたから、重宝しておったんですが」

「仕事熱心な飛脚だったんだな」

「ある程度の経験を積んだ飛脚なら、それぐらいは普通でございますよ」

「女房や家族は？」

「独り身でございます。飛脚旅のこんな稼業をしていると、女房なんぞもらえねえよと言っておりましたが、あちこちに女がいると、そっちの方はけっこう盛んな噂を聞いております」

　そうそう、というふうに主人がつけ加えた。

「ただ、近々、女房をもらうような話をしておりましたので、小料理屋の件はそちらのかかわりかもしれません」

「どこに住んでいる」

　天満屋主人は名簿の帳面を膝の上で繰り、

「米沢町三丁目の久右衛門店でございます」

と言って顔をあげ、「は？」と首をひねった。

龍平と寛一が、怪訝《けげん》な表情を天満屋に向けていたからである。


それから四半刻後、久右衛門店の家主・久右衛門は、遅い午後の西日が落ちる米沢町二丁目と三丁目の辻の人通りの間を斜めに横切ってきた。

「どうも相すみません。ちょいと野暮用で……」

久右衛門は辻の途中より、自身番入り口の框《かまち》に腰かける龍平と、砂利土間に立っている寛一に愛想笑いを投げた。

「お宮のことで、まだ何かご用でございますか」

龍平は框から腰をあげた。

「久右衛門さん、今日はお宮のことではないんだ。大伝馬町の天満屋に勤めていた飛脚の孝太に用なんだが、天満屋で住まいを訊いたら、久右衛門さんとこの店《たな》だと言うじゃないか」

「はい、さようで。ですが孝太なら、つい先だってわたしどもから引っ越しまして。名主さんの人別の送り状も用意してやり……」

「そうだってな。さっきいったら空家になってた。引っ越し先はわかるか」

「深川と聞いております。向こうに落ちついたら知らせると申しておりましたのに、まだ知らせてまいりません」

「お宮と孝太が同じ久右衛門さんの店子だった時期は、重なるのか」

「孝太はお宮が乳呑児《ちのみご》のお千代を抱いて移ってまいります以前から、わたしどもの店子でございましたので」

「お宮と孝太の仲はどうだったんだ」

「仲と申しますと」

「情を通じた、仲ではなかったか」

久右衛門が首をひねった。

「お宮はお千代をおぶって毎朝、両国の茶屋へ下働きに出かけておりました。仲居の方が給金がいいし、客からの心づけなども稼げるのですが、子供をおぶってでは仲居はできませんのでねえ」

「もっともだ」

「うちのが見かねて、昼間預かろうと申し出たんでございます。そしたら、お宮は色っぽい風情で、今はひとりでもやっていけるので切羽詰まったらお頼みしますと、けな気《げ》に言うじゃありませんか」

「なら、お宮と孝太は近所づき合い程度の知り合いだったって、ことだな」

「ですが、孝太がお宮へ恋慕していたというのはあったかもしれません」

「どういう意味だ」

「じつは一度、孝太は両国の小料理屋の亭主とかを間に立てて、お宮に女房になってくれと、申し入れたことがあったんでございます。ところがお宮はその話を受けませんでした」

「お宮は、断わったんだな」

「孝太は仕事は熱心な男でしたが、のっぺりした役者顔で妙に女の噂が絶えず、賭場《とば》なぞにも出入りして、いかがわしい連中とつき合いがあるし、借金も抱えているという噂もございました。お宮は、そんな男とはとてもと思っていたのでございましょう」

「お千代の父親になるにはふさわしくなかった、ということか」

「そのようで。孝太はお宮に袖にされた後も諦《あきら》められず、おれのどこが不満なんだと、お宮につきまとっていたそうでございます。酒に酔ったりすると、お宮にしつこく絡んだりするものですから、子供が孝太に怯《おび》えて夜泣きすると、お宮が困っていたとかも……」

「子供が怖がっていた？」

「はい。お宮はそれが迷惑で、わたしどもの店から越していったと、近所の者らがお宮が越していったあとで申しておりました」

八

夜五ツ、表店はどこも板戸をたて、通りには濃い夜の帳《とばり》がおりていた。

龍平は江戸橋を渡り、西八丁堀の堤を左内町へ向かっていた。

堤の柳がゆるい夜風にゆれ、茶飯か何かの屋台の灯りがひとつ、堀端の先にぽつんと見えている。

龍平は左内町と音羽町の間の小路に《桔梗》と軒行燈を吊るした京風小料理屋の表の桐格子を開けた。

店は、入れこみの畳の床も花茣蓙《はなござ》を敷いた床几《しょうぎ》も客で埋まっていた。

「おいでなさい」

土間廊下奥の調理場と店を仕切る暖簾の間から、十六歳のお諏訪が明るい笑みをのぞかせた。

「後から寛一がくることになっているんだ。また奥を貸りるよ」

「ふふ……寛ちゃん、もう見えてますよ。宮三親分も一緒に」

「宮三親分も一緒にか。存外早かったな」

「奥へどうぞ、ふふ……」

お諏訪は龍平を案内しながら、上目使いに盗み見てしきりに含み笑いをする。

「なんだ、何かおかしいか」

「龍平さん、今夜は難しそうな顔をしてるんだもの。何か悩んでるみたい」

「そうか？　別に悩んじゃいないが、いつもはどんな顔をしてる」

「いつもはぽやあっとしてる。ぷふっ」

調理場の吉弥が暖簾を払い、娘のお諏訪を叱《しか》った。

「お諏訪、旦那に失礼な口を利くんじゃねえ。龍平さんたあなんだ。いつまでも餓鬼じゃあるまいし。旦那とお呼びしなきゃあだめだろう」

お諏訪はぺろりと舌を出し、龍平と顔を見合わせてまた笑う。

「旦那いらっしゃいまし。宮三親分と寛ちゃんが、奥でお待ちです」

米沢町の自身番を辞した後、寛一とはある指示を与えて別れ、龍平はひとりで谷中八軒町の安兵衛店へ再び向かった。

急にもやもやとした霧が垂れこむように、孝太という飛脚の存在が、お宮捜しに影を落とし始めていたからだ。

剛蔵は、女と駆け落ちをする途中の戸塚宿で、たまたまいき合った天満屋の飛脚に谷中八軒町の安兵衛への文を託した。

町飛脚は、ついでだからと、それを安兵衛の元へ届けた。

その天満屋の飛脚が孝太で、孝太とお宮は六、七年前まで米沢町三丁目の久右衛門店の同じ店子だった。

偶然が、重なりすぎる。

口入れ屋・梅宮の宮三は猪口《ちょこ》の酒が冷めるのもかまわず、話し続けた。

「……そんな剛蔵が、どこの、どんな女と、どんなふうに懇ろになったのか、そっから先がさっぱり見えてこねえんです。酒は強くねえ。だから仲間に誘われても断わることが多かったし、口下手で人づき合いも苦手。形は小さくて面だって見栄えがしねえ。おまけにあのしみったれと、陰口を叩かれる吝い男ときちゃあ、女が惚れるところがねえ。剛蔵に三十半ばすぎまで嫁のきてがなかったのも当然と言えば当然で、むしろ、お宮が剛蔵みたいな男と所帯を持つことをよく承知したなと、誰に訊いても同じ答えでやした」

「しかし、剛蔵にはどっかに馴染みの女がいたのは、確かだろう」

龍平は宮三に熱燗の銚子を差して言った。

宮三は猪口の冷めた酒を呑み干し、龍平の酌を受けた。

「旦那、確かとは限りませんよ、その話は」

宮三は猪口をおいて、龍平の猪口に差しかえした。

寛一は小鉢の大根煮を頬ばりながら、龍平と宮三のやりとりを聞いている。

「今まで探ったところでは、盛り場や飲み屋、飯盛に岡場所の女郎、夜鷹《よたか》、町芸者、仲居、玄人《くろうと》筋で今月初めごろ剛蔵らしき男と逃げたり姿をくらました女は絶対おりやせん。そういう玄人筋の女がいたら、どっかで必ず噂にのぼりやす。地の女の場合もあり得るが、剛蔵を知ってるやつは剛蔵と駆け落ちした素人《しろうと》女なんて知らねえと、みな笑っていたそうで」

「天満屋の孝太が言った剛蔵が戸塚宿で女連れだったという話は、狂言かもしれないのか」

「旦那、むしろ問題はなぜそんな狂言をしたか、ですよ」

「お宮の間夫が孝太だとすれば狂言の辻褄《つじつま》が合うと、親分は言いたいんだな」

宮三は、確信をこめて龍平に頷いた。

「ここへくる前、谷中八軒町の家主の安兵衛のところに回ってきた。安兵衛は、剛蔵の文を届けた天満屋の飛脚の顔を知っていたよ。むろん、その飛脚とお宮が以前からの顔見知りとは思いもよらなかったから、不審には思わなかったそうだが」

「昔、同じ店《たな》に住んで顔見知りだったお宮と孝太が、谷中八軒町の裏店で偶然会い、懐かしさにほだされついわりない仲に……ありがちな話ですねえ」

龍平は生ぬるい酒を口にふくんだ。

「若い者を手わけして池之端の出合茶屋をしらみ潰《つぶ》しにあたってみやした。するってえと、春ごろから、昼間、お宮らしき女が男と何度かしけこんだ出合茶屋がやっぱり見つかりやしたよ」

「お宮に間違いないのか」

「というよりですね、仲居にちょいと心づけを渡して探り出したところによると、仲居は天満屋の飛脚に間違いないと。名前は知らねえが、のっぺり役者顔の男前の飛脚屋さんだから忘れないと言ってたそうで」

「その飛脚が孝太なら……女がお宮ということは充分考えられる。しかしお宮は、米沢町に住んでいたころ、孝太を袖にしていたんだが」

「昔はそうは思わなかったのに、亭主の剛蔵とは比較にならねえいい男だ。人目を忍んで抱き合ってみると、案外性が合っていた。それが男と女のわりない仲の不思議さ、かもしれやせん」

「待ってくれ、親分」

寛一が箸《はし》を止めて宮三に言った。

寛一は父親の宮三を、龍平の前では龍平を真似て《親分》と呼んでいる。

「剛蔵が女連れだった話が狂言だったとしても、お宮に愛想をつかして捨てたのは本当なんだろう。剛蔵の戸塚宿から家主にあてた文を、旦那もご覧になったんでやしょう」

「おめえ考えてみろ。お宮を捨てて上方に向かう剛蔵が、途中の戸塚宿でよりによって飛脚の孝太といき会う、そんな都合のいい偶然が信じられるか。そんなこたあ仕組まなきゃあできはしねえ。しかも、誰も見たことも聞いたこともねえ女連れときた。旦那、剛蔵は上方へ向かってねえし、孝太に文を託してもおりやせんぜ」

そのとき隣の寛一が小さく「あっ」と叫んだ。

からくりに気づいたかのように、唖然《あぜん》とした顔を龍平へ回した。

「だ、旦那、谷中のおかみさんらが言ってやしたね。剛蔵がお宮に出てけって言うならわかるけどって。剛蔵が出ていくとこは、店の誰も見ちゃいないんでしたよね」

龍平は頷いた。

「浅草寺で訊いた大工連中も言ってやしたぜ。あの剛蔵が自慢の女房を放すわけねえって」

「剛蔵がお宮に愛想をつかしたんじゃなくて、お宮が剛蔵を捨てたんだ。飛脚の孝太はそれに手を貸した。下手な狂言が透《す》けて見えやすねえ」

宮三が言った。

「孝太がお宮の行方を知っている。寛一、孝太の越した先はわかったか」

「へい。孝太が常連になっていた両国の小料理屋の亭主の話で、孝太の引っ越し先はだいたいの見当がついておりやす。深川八幡《ふかがわはちまん》、一の鳥居手前の黒江《くろえ》町を南に折れた蛤《はまぐり》町の裏店でやす」

「いいだろう。寛一、明日は早いぞ」

「合点承知でさあ」

龍平は障子の向こうに手を叩いた。

 お諏訪が賑やかな店のざわめきの中から、笑顔で障子を開けた。

「お諏訪、酒だ。どんどん持ってきてくれ。親分、寛一、今夜は呑もう」

「龍平さん、珍しいわね。そんなに呑んで大丈夫。お酒、強くないんでしょう」

「お諏訪、龍平さんと呼ぶのはやめろ。旦那と呼べ、旦那と」

お諏訪よりひとつ年上の寛一は、龍平に馴れなれしく口を利くお諏訪へ目くじらをたてた。

「あら、あたしは子供のときから龍平さんだったんだもん。何かおかしい？」

「お、おめえ、そりゃあ違うだろう」

「いいからお諏訪、早く酒を頼む。熱燗《あつかん》だ」

夜が更け、犬の遠吠えが聞こえた。

遠くで半鐘が龍平を笑うように鳴っている。

お千代は、母ちゃんを連れていった悪い人、と言った。

お千代が三つか四つのころに怯えた記憶が、残っているとしたら……

龍平は夜更けまで、呑んだ。

九

翌朝は、頭痛と腹のむかつきが龍平を苦しめた。
寛一は路地の木戸の隙間《すきま》から、瀟洒《しょうしゃ》な二階家が並んだ奥の一軒を見つめている。
龍平は寛一の後ろでこめかみをもみ、おくびを抑えた。
「あ、女が出てきやした」
寛一がささやき声で路地奥を見つめたまま言った。
龍平は鬢《びん》つけ油の臭う寛一の頭の上から、路地奥の女を眺めた。
深川八幡、一の鳥居手前の黒江町を蛤町の方へ折れた、横町の路地である。
二階家の裏手は、黒江町と蛤町の境の狭い水路が通っている。
女は手拭を姉さんかぶりに、渋柿色の小紋模様の小袖に前垂れをつけていた。
黒っぽい丸帯を若やいだだらりに締め、桶《おけ》の雑巾を絞っていた。
表に出てきた隣の男と、朝の挨拶《あいさつ》を交わしている。
「寛一、いくぞ」

龍平の雪駄が路地のどぶ板に鳴った。

女は甲斐がいしい風情で、表戸の雑巾がけに気をとられている。

龍平は女の横顔がお千代にそっくりだと思った。

「お宮さん」

ふりかえったお宮は、溶けてしまいそうな《しな》をつくった。

やっぱりそうだ。お千代の潤んだ目はこの母親から受け継いでいる。

「お宮さん、だね」

「はい？」

その儚《はかな》げな声に、龍平は息を呑みこんだ。

「孝太さんは、いるか」

「ただ今湯に出かけており、ほどなく戻ってまいります」

「ご用の筋で訊きたいことがある。待たせてもらう」

「お役目、ご苦労さまでございます。どうぞ、お入りください」

お宮は一片の動揺も見せず、微笑んでいた。

寛一は路地の井戸端に控え、龍平ひとりが表の敷居をまたいだ。

通された部屋は真新しい畳が匂う六畳間で、障子の隙間から濡れ縁が見え、狭い庭に野菊の黄色い花が咲いていた。

低い板塀のすぐ下を通る水路から、潮のほのかな香りもした。

冷たい朝風が部屋に流れ、お宮が風を盆に載せて運んできた。

熱いほうじ茶の香りが、むかつく腹に心地よかった。

「一昨昨日《さきおととい》の夜、お千代が奉行所にきてね」

お宮は笑みを消した。

「夜明け前に膝折をたち、川越街道をひとりで歩いて江戸に出てきたそうだ」

龍平は茶をすすった。

「母ちゃんを、お宮さん、あんたを捜してくれと奉行所に願い出たんだ」

まあ……とお宮は再び微笑んだ。

笑みを浮かべたその目が、赤く潤んだ。

そのとき、

「お宮、戻ったぜ」

と濡れ手拭を畳んで手に持った孝太が、上機嫌で戻ってきた。

「客かい？」

六畳の龍平と目を合わせ、そこで孝太はかたまった。

表の戸口の敷居に寛一が立った。

湯に火照《ほて》ったのっぺりと白い役者顔が、見る見るうちに青ざめた。

剛蔵は他人には臆病なほど気を使うが、家の中では人が変わり、怒りっぽく疑り深い性格だった。

陰湿な癇性《かんしょう》でもあり、所帯を持っていくらもたたないうちにお宮の頬を激しく打って、痛み以上の衝撃をお宮に与えた。

そのうえ、所帯にかかる費用は、朝、一日分の食い扶持《ぶち》を渡すだけで、大工の手間賃をいくら稼ぎ、いくら蓄えがあるのか、お宮に決して明かさなかった。

この人は人前とはまるで違う。

柊家の仲居だった自分を見初めた寡黙な剛蔵の顔の裏に、異常なほどの吝嗇《りんしょく》と陰湿で粗暴な、別人の顔があった。

この男と所帯を持ってしまったことはとりかえしがつかない。

お宮の辛い日々が始まったのである。

毎日が心と身体を苛《さいな》む連続だった。

剛蔵と所帯を持って、季節が二度めぐった。

その間、お宮は剛蔵と夫婦になったことを後悔しない日はなかった。けれどもお千代は養っていかなければならず、そのためにいい女房を務めなければならないと、お宮は己に言い聞かせて堪えるしかなかった。

飛脚の孝太と六年ぶりに会ったのは、二年がたった去年の暮れだった。孝太が家主の安兵衛に書状を届けに谷中八軒町にきた折り、二人は谷中感応寺の山門へ向かう道ですれ違った。

そのときお宮は、ただ昔が懐かしい、それだけの気持ちだった。

「まあ、懐かしい。お変わりござんせんでしたか」

「こちらにお住まいだったんですか。お宮さんこそ、少しやつれなさったが、相変わらず綺麗だ」

孝太は白い息の中に笑みを包んで、照れもためらいもせずに言った。

六年前まで同じ米沢町の店に住んでいたころは、女にだらしがなく、博打好きで借金もあり、評判の悪い男だった。

だが、剛蔵との暮らしに疲れ、冬の枯れ木のように干からびたお宮の心に、孝太の出現はせつなく染みた。

年が明けた一月、内職の裁縫物を届けた帰りの池之端の新道を通りかかったとき、お宮は再び孝太と出会った。

その偶然がお宮の心に、ほのかな火を灯《とも》したことは確かだった。

出茶屋の小屋がけで、昼下がりの日をきらきらと照りかえす不忍池を眺めながら、お宮は剛蔵との辛い所帯の苦労話をもらし、つい涙ぐんだ。

「全部ぶちまけたら、楽になるぜ」

孝太は同情し、お宮の手をとった。

男の手にふれられると、枯れていた感情が身体をめぐった。

そして忘れていた快楽を思い出した。

けれどもお宮は、孝太に身体を任せはしなかった。

孝太に導かれ、ふらふらと池之端の出合茶屋の戸を潜りそうになったが、お宮は踏みとどまった。

娘のお千代への思いに、胸がきりきりと締めつけられたからだ。

そんなことがあってから、内職の裁縫物を届ける日など、お宮は薄化粧をほどこし池之端へ出かける道すがら、もうどうとでもなれという思いに何度もかられた。

次に孝太さんに会ったら拒めないだろう、とも思っていた。

何もかも捨てて、いっそ死んでしまいたい。

そんなことを思いながら、池の水面を長いこと見つめていた午後もあった。

「幸か不幸か、孝太さんにはそれから一度も会いませんでした。なのに……あたしに間夫がいるって、そんな噂が、近所のおかみさんたちの間で流れ始めたんです」

とお宮は顔を伏せて言った。

お宮は驚き戸惑い、腹が立った。孝太とはあの日、たった一度、池之端の出茶屋で自分の苦しい所帯の愚痴をこぼしただけだった。

なのにどうして、そんな噂が流れるのだろう。

春になり裁縫の内職仕事がふえて、昼間、出かける機会が多くなっていたからかもしれない。

だからと言って、吝嗇な剛蔵との暮らしの家計の手助けになる内職を辞める気にはなれなかった。

その噂が剛蔵に知れたのは、夏の終わりごろだった。

剛蔵はただ怒り狂うばかりで、お宮がどんなに抗弁しても信じなかった。

剛蔵の執拗な折檻に堪えきれず、お宮は裏店の路地を逃げまどった。

お千代が泣き叫んでふるえていた。

隣近所の住人が剛蔵をとり押さえ、家主の安兵衛が間に入り言って聞かせても、剛蔵は聞く耳を持たなかった。

「この売女、男の名ぁ、吐け。ぶっ殺してやる」

お宮はあまりの情けなさや惨めさに、身も心も打ちひしがれた。

剛蔵は、腹だちまぎれに殴る蹴るの乱暴を、それからも繰りかえした。

お宮は裁縫の内職を辞め、お千代を育てることだけに心をそそいだ。

お宮に、それ以外、何ができたろう。

ひとりになるとお宮は、自分の身体にできた打たれた痣《あざ》を見て、もう剛蔵とはやっていけないと、つくづく思った。

ある日お宮は、剛蔵に別れ話をきり出した。

すると剛蔵は激怒し、さらに殴る蹴るの乱暴を加え、喚《わめ》きちらした。

「てめえ、別れてほしけりゃあ千両出せ。千両出しゃあ内済にしてやらあ」

やがて、剛蔵は外でちょくちょく酒を呑むようになった。

夜遅く酔っぱらって帰ってくると、女ができた話をお宮に聞かせ、おまえは辛《しん》気《き》臭い女だとあざけり、戯れのようにお宮の頬を打ったりした。

だがお宮は、剛蔵が外で女をつくろうがつくるまいが、どうでもよかった。剛蔵と別れることしか、頭になくなっていたからだ。

そんな今月の初めの夜、剛蔵はぷいと家を出たきり帰ってこなくなった。

翌日の上野の棟梁・重吉の普請場にも穴をあけていた。

二晩がすぎ、家主の安兵衛に剛蔵の家出を打ち明けた日の午後、自分にではなく安兵衛へ宛てた剛蔵からの文が届いたのだった。

文の中身と飛脚の話を聞いたお宮は、唖然となった。

驚いたと同時に、もしやこれは神さまがくれた剛蔵から逃げる機会かもしれない、という考えに捉《とら》えられた。

そう考えたとき、何もかもにすっと諦めがついた。

一日でも一刻でも早く逃げよう。

決心したお宮は、翌日、名主の人別の送り状をもらい、荷物をまとめ、お千代とともに江戸を出た。

縁者を頼って郷里の膝折へ帰り、土地を耕して、お千代と二人で静かに暮らしていこう、もう男はこりごり……と思っていた。

江戸には二度と戻らないつもりだった。

ところが膝折へ越して数日がたったある日、突然、孝太が訪ねてきた。

「孝太さん、どうしてここが」

と訝しんだが、東海道戸塚宿で剛蔵とたまたまいき会い文を託された飛脚が孝太だったと聞いて、お宮はこの偶然に孝太と自分の運命を感じた。

こんな偶然は、神さまにしかできやしない。

あたしとこの人は、こうなる定めだったのだ。

神さまがくれた剛蔵から逃げる機会はこのためだったと、お宮は知った。

孝太から、一からやり直そう、今まで飛脚の金で溜めた小金がある、小料理屋を開いて、お千代を育てていこうじゃないか、だからもう一度江戸に出ておいでと、懇ろに誘われた。

お宮にそれを拒む理由はなかった。

龍平は腕組みをし、おくびを堪えた。

水路の潮の香が、またほのかに流れてきた。

「お千代をおいて出たのは、膝折の親戚に三カ月かせいぜい半年預かってもらい、孝太さんと懸命に働いて小料理屋がうまくやっていけるようになってから引きとるつもりだったんです」

お宮は真新しい香りのする畳に手をついて言った。

隣の孝太はうな垂れ、沈黙を守っていた。

「お千代には、江戸で仕事を見つけたらすぐ迎えにくるからと、言い聞かせてはいました。けど、泣かれると辛くなるので寝ている間にこっそり出たんです。それがこんなことになっていたなんて」

「お千代は、母ちゃんが悪い人に連れていかれた、母ちゃんを助けてくださいと言っていた。お千代はあんたらのことを知っているのか」

「あの子は孝太さんのことは何も知りません。悪い人というのは孝太さんのことではなく、お千代はあたしを恨んで、おき去りにしたあたしを恨んで、悪い人を頭の中で拵えたんだと思います。ですからあの子の言う悪い人は、あたしのことなんです」

「それは子供が母親を恋しく思う心の裏がえしだろう。あんたはお千代を、十年の間、ひとりで懸命に育ててきた。お千代にとって、あんたはかけがえのない特別な母親なんだ」

龍平が言うと、畳についたお宮の手に涙がぼろぼろとこぼれた。

十

「そんなことだろうと、わかっていたよ」

与力番所の松尾要は龍平を斜《はす》に見て、にやついた。

一昨昨日の夜、十歳のお千代が奉行所に願いを出し、仮に受けつけた母親捜しの顚末《てんまつ》を報告したときだった。

松尾は継裃の肩の埃を払う仕種をしながら、皮肉を言った。

「ひぐれも、暇つぶしの仕事ができてよかったな。その日暮らしばかりじゃやり甲斐がないものな」

周りの若い与力らが笑っていた。

松尾は二十五歳の本勤になったばかりの掛のない番方である。

元旗本の家柄の龍平に、嫌みや皮肉をよく言う。

「いずれにせよ、密通は訴訟があっての罪だから亭主の訴えがなければ事案は成りたたぬわけだ。ひぐれがその馬鹿な母親に、てめえの子供の面倒ぐらいちゃんと見ろと、次はしょっ引くぞと、ひと言威しとけば一件落着だな」

松尾は、ふふふ、と鼻を鳴らし、執務の続きに戻った。

表門を出ると、月末が近いせいか腰かけ茶屋で待つ公事人の姿が多い。下番が……の一件の者、入りましょう、と茶屋の前で呼び声をあげ、呼ばれた公事人を従え所内へ入っていく。

寛一が駆け寄ってきた。

「旦那、いかがでやした」

「終わったよ。宮三親分にこれから伝えにいく」

「へえ？　これで終わり？」

龍平は呉服橋へ向かい、寛一が従った。

「けど旦那、お宮と孝太の話はあっしには腑《ふ》に落ちねえんですけどねえ。夕べ親父が言ってたじゃないすか。剛蔵は上方にいってねえし文も書いてねえって。なら、剛蔵はどこへ消えちまったんです」

「寛一、おまえはどう思う」

「もしかして、八軒町のあの床下を、掘ってみるってえのは……」

「それはない。もし、八軒町の床下に剛蔵が埋まってるなら、お宮は店を離れはしなかっただろう。うちの人を待ちますとか、殊勝な理由をつけてな」

「するってえと旦那は、剛蔵がどうなったか、見当がついてるんでやすか」

「いいや。けどな、お宮と孝太の話がすべて嘘《うそ》とも限らん」

二人は呉服橋を渡り、人通りの多い濠端を一石橋《いっこくばし》へととった。

堤の柳がのんびりと垂れ、冬の日が濠に落ちていた。

お千代の母親・お宮は見つかった。

今日明日中にお宮は膝折へお千代を迎えにいき、三人で暮らすと約束した。

これ以上の詮索《せんさく》は必要がなかった。

お千代のためにはこれでいいのだし、剛蔵の行方など誰が気にかけるだろう。


急速に暮れゆく夕刻の町筋を、神田竪大工町の梅宮から亀島町の屋敷に帰るころには、龍平の宿酔《ふつかよい》はすっかり収まっていた。

麻奈が納戸で秋物や冬物の衣類を整理し、仕分けていた。

麻奈の周りに衣類を仕舞った柳行李が三つ並んでいて、そのひとつの上蓋《うわぶた》の内側を寝床代わりに、産衣《うぶぎ》の小さな菜実が寝かされていた。

菜実が行李の蓋の中から声を出すと、麻奈は衣類を整理しながら蓋を少しゆすって「はあい」と声をかえしていた。

龍平は、菜実を行李の蓋の寝床から抱きあげた。

「だんだん、人らしくなっていくな」

「はい。わたしに何か、言いたそうな顔をするのですよ」

産後の白い肌に少し赤味の差した顔で、麻奈は笑った。

「俊太郎は、外で遊んでいるのか」

「俊太郎は本も読まないで、遊び回っております」

「いいんだよ。子供は遊びが仕事だ」

「でもあなたが五歳のときは、四書《ししょ》の素読《そどく》がすらすらとできたと、水道橋のお義父《とう》さまが自慢げに仰ってましたよ」

「はは……あれはな、父が、おまえは三男なのだから勉学か剣術で身をたてるしか道はないのだぞと威して無理やりやらせたのだ。おれが心算《しんさん》にのびやかさが足りんのは子供のころ遊ばなかったせいだ。おれはそれが不満なのだ」

腕の中の菜実が龍平を笑っているように見える。

「お千代ちゃんのお母さん捜しはどうなりましたか」

あれは――と龍平は、お宮が深川で見つかった経緯を語った。

「お千代は母親への思いが両親の揃っている子供より強い。その意味では寂しい子だ。これでよかったのだ」

麻奈は、それはようございました、と穏やかに言った。

「お母さんはどんな人なのと訊いたら、嬉しそうに話してました。美人でやさしくて働き者でと……膝折にいくと決める前は漬物屋さんを開くつもりで、塩とかぬかを沢山買って準備してたそうですよ。剛蔵さんにお店を改修してもらってとか。お千代ちゃん、父親のことを剛蔵さんと呼んでたみたいですね」

龍平は菜実をあやした。

「でも膝折にいったから、もうできないって残念がってました」

ふと麻奈は、思い出したように言った。

「そうそう、唐櫃を押し入れから出していただけますか？　重いので」

うん、と龍平は菜実を行李の蓋の寝床に戻し、押し入れの奥から硬い黒檜《くろひのき》の唐櫃を引きずり出した。

ひと抱えもある大きさで、金具が角に施してあり、頑丈な作りだった。

「立派な唐櫃だな。沢山、衣類が納められそうだ」

「十五歳のとき、母がここに婚礼の衣装を仕舞いなさいと譲ってくれたものです。母は祖母からこれを譲られました。だから、わたしも菜実が十五歳になったら譲るつもりです。菜実はこれを持ってお嫁にいくのですよ」

麻奈が唐櫃の蓋を開けると、和紙で覆った婚礼衣装が仕舞ってあり、樟脳《しょうのう》の臭いがただよった。

「ある山国に、親が子にこのような唐櫃を作って与える古い風習があったそうですね。その国では、すべての人がこのような唐櫃を持っていて、自分だけの財産を入れ、一生使うのです。そしてその人が亡くなったら、財産は遺族に譲り、唐櫃はその人の棺《ひつぎ》にして一緒に葬るのだそうです」

「ひつぎ？　これが、棺になるのか」

龍平は訊きかえした。

麻奈は手を止めて龍平に頷いた。

「唐櫃には生まれてから死んで葬られるまでのその人の一生が、仕舞いこまれるのです」

龍平の胸の鼓動が激しく打った。

「子供のころ、亡くなった祖母からその話を聞いて恐かった記憶があります」

龍平は呆然と天を仰いだ。

龍平の脳裡で激しく思料《しりょう》がめぐった。

荷物を積んだ大八車を番太郎が引き、それを押して街道をゆくお宮が見えた。小さなお千代が黒い唐櫃の上にかけている。

車輪がぎしぎしと大地をかんで、荷物がごとりごとりゆれ、お千代もゆれる。己の最後の財産、己の命を唐櫃に仕舞って人は葬られていく。

龍平はずっと前より、それに気づいていた気がしてふるえた。

「どうかなさいましたか」

「谷中まで用ができた。一刻（約二時間）で戻る。たぶん明日は、夜明け前に出かけることになると思う。膝折へお千代に会いにいく」

龍平は麻奈に言った。

十一

中山道の板橋の手前で夜明けになった。

板橋宿から上板橋道へ折れ、川越街道をゆく。

川越街道の白子宿の次が膝折宿である。

龍平は菅笠《すげがさ》をかぶり、羽織はつけず、たっつけ袴に二本を差した軽装で、江戸町方同心の姿ではない。

従う寛一は網笠《あみがさ》と縞の着物を裾端折りに、手甲脚半《てっこうきゃはん》の旅姿だった。

街道を急いで、昼前には川越街道の四宿のひとつ、継ぎたての人馬や旅人がいき交い、旅籠や飯屋が軒を連ねる膝折宿に入った。

夕べ、谷中八軒町の番太郎・砂吉に膝折宿から北の新河岸川の方へ四半刻もかからない村と、道順を教えられていた。

稲刈のすんだ黒い田圃《たんぼ》の間の畦道《あぜみち》をたどり、お宮の叔父・郷助《ごうすけ》の農家についたときは、日は天中にのぼっていた。

すぐにお千代を迎えにいくと約束したお宮は、まだきていない。

郷助は江戸からきた町方役人に恐縮し、

「名主さまを呼ぶだか」

と言ったが、龍平は離れへの小道を歩きながら訊ねた。

「いや。それよりお千代はどうしている」

「へえ。お千代は昨日も今日も、離れの裏でひとりで遊んでるだ。おれらの孫らとも遊ばねえで、半月ばかり前、お宮とここにきたときからそうだで。ちっとばかし変わった子だぁ」

離れの小屋は、大根畑を抜けた低い土手の裾にあった。

土間と囲炉裏《いろり》を掘った板敷があって、黄ばんだ障子の向こうにもうひと間が、がらんと放っておかれている様子だった。

台所の棚に茶碗や皿や箸が二人分、寂しげに並び埃をかぶっていた。

水瓶《みずがめ》は空だった。

竈《かまど》は何日も火の気がなさそうだ。

ただ、漬物の壺の周辺にすえた臭いがこもっていた。

奥のひと間の壁際に小箪笥、押し入れがあり、中に行李が二つと、布団が重ねてあった。

行李のひとつには、お千代のらしき衣類が入っていたが、もうひとつの行李は、古い小袖が一枚残っているだけで、空も同然だった。

砂吉が、あれはちょっと重かった、と言った黒檜の大きな唐櫃はなかった。

「荷物はこれで全部か」

「へえ。お宮がきたときのままだで。江戸へ戻るとき、風呂敷包みをひとつ持って出たので、着物は何枚かなくなってるかも……」

「黒いひと抱えほどある、唐櫃があったはずだが」

「知らねえな。荷物を運び入れるのも、ちっとだで自分らでやれるということだったし、次の日からは身体の具合が悪いとかで、寝たり起きたりしてた。三日ばかしたって、ぼちぼち畑仕事をする気になったらしく、母屋の方へきたが、あまり気乗りしねえみたいだった。おれも、しばらくは己のいいようにしたらええと思ってたで、ほっといたからよ」

「お宮を訪ねて、人がこなかったか」

「こねえ。よそもんがきたら、村の誰かれが見つけて、必ず言うだがんな。知れねえわけがねえさ」

「じゃあお宮は、自分の考えで江戸に戻ったのか」

「そうだ。江戸で奉公先見つけて、住むところが決まるまで、半年ばかりお千代を預かってくれろと、そんで、銭も少しばかりおいていったんだ」

龍平は小屋を見回し、お宮の寂しい気持ちがわかる気がした。

「お千代はどこだ」

「背戸《せど》、にいると思う」

土間におり、台所を抜け、裏の破れ障子戸を引いた。

「ああ、いた。いっつも、あすこにつぐんで、ひとりで遊んでるから」

小屋の裏はいら草のような雑草に覆われた土手の斜面の裾になっていて、欅《けやき》の樹木が葉を散らし始めていた。

お千代は空き地の隅にかがみ、しおれた草花を自分の周りに植えていた。毎日そんな遊びをしているのか、お千代のかがんだ周りに枯草が散らばって、お千代の小さな影が地面に落ちていた。

「お千代」

龍平はお千代を呼んだ。

お千代は裏口に立った龍平を見つめた。

だが、かがんだままじっとしている。

お千代はゆっくり立ちあがり、それでもそこを動かなかった。

江戸で龍平のそばを離れたがらなかったお千代が、ここでは龍平の元へ近寄ってはこなかった。

お千代は首を小さく左右にふった。

お千代が、こないで、と言っているように見えた。

童女の深くせつない考えが、つぶらな眼差しの中に潜んでいる気がした。

龍平は、胸が熱くなった。

「郷助さん、掘り出したい物がある。鋤《すき》か鍬《くわ》を貸してもらえるか」

「へえ」

郷助は急いで母屋に戻り、鍬と鋤を一本ずつ担いで持ってきた。

「おらもやるだで、どこ掘るだ」

郷助は鋤を寛一に渡し、自分は鍬を握っていた。

お千代に近づくと、お千代はお宮にそっくりな目で龍平を睨みあげた。

「お千代、そこをどいてくれ」

龍平はお千代の肩を抱いて、自分の方に引き寄せた。

儚いほど軽い身体だった。

「ここだ」

龍平はお千代の立っていたあたりを、大きく指差した。

おおっし――寛一が鋤を地面に突きたてた。

続いて、郷助が鍬をふるう。

土はやわらかく、見る見るうちに地面にぽっかりと穴があいた。

ざく、ざく、と鍬と鋤が土をかき出すごとに、お千代の肩が強《こわ》ばるのが龍平の掌《てのひら》に感じられた。

やがて、寛一の鋤が、硬い物にがちっと突きあたった。

「あった」

寛一が叫んだ。

二人がさらに土をかき出すと、黒い唐櫃の上蓋に昼の明るい日が差した。

もうそのときから、臭気が漂っていた。

寛一は鋤を捨て、唐櫃の蓋をぎしぎしとゆすった。

郷助が手伝い、蓋が音をたてて持ちあがり、土がばらばらと唐櫃の中に落ちた。

「うっ、臭せえ」

耐え難い臭気がたちのぼり、寛一と郷助は腕で鼻を覆った。

唐櫃の中は白い塩らしき粉で埋まっていた。

だが、塩らしき粉は湿気を含み、膝を抱くようにして身体と首を折り曲げて横たわる人の形にくっきりと盛りあがり、かたまっていた。

お千代が龍平のたっつけ袴に顔を埋め、「わああ……」と叫んだ。

十二

木枯らしが吹く十一月下旬のその日、北町奉行所詮議所《せんぎしょ》において、谷中八軒町安兵衛店大工・剛蔵殺害の罪で、剛蔵の女房・お宮と情夫、元大伝馬町飛脚業天満屋の使用人・孝太の二度目の詮議が行なわれていた。

詮議所正面に詮議役筆頭与力・柚木常朝《ゆずきつねあさ》が継裃で着座し、左右に詮議役与力本役、助、見習が居並んでいる。

そのほかに羽織袴の物書同心や下役の同心らが板縁の方に座っている端に、お宮と孝太の捕縛を導いた平同心・日暮龍平がつらなっていた。

板縁の下に白い砂利を敷きつめた詮議所の土間があり、白洲には莚を敷き、そこに六尺棒を持った二人の蹲《つくばい》同心の手によって、はがい縄に縛《いまし》められたお宮と孝太が引き出されていた。

お宮と孝太の住んでいる深川蛤町裏店の家主と名主、そして谷中八軒町家主・安兵衛および名主ら、それと二度目の詮議のその日は膝折宿膝折村の郷助につき添われたお千代も差添人として、後ろの莚にかしこまっていた。

お宮は血の気の失せた顔を白洲に落とし、ほつれた髪が風になびいていた。

孝太はのっぺりとした役者顔を左下にそむけ、白い肌が少し青黒くむくんでいるように見えた。

上段の詮議所では、詮議役与力が、大工・剛蔵殺しの凶行におよんだ顚末《てんまつ》について、お宮と孝太を厳しく追及していた。

詮議役は剛蔵殺しの背景には、二つの事情が絡んでいると推量した。

ひとつは、孝太とお宮が情を通じ合い剛蔵の存在を邪魔に思っていたこと。

もうひとつは、孝太が数年前より金貸し、料理屋や酒場、知人などから大きな借金を抱えていた事情である。

詮議役は、お宮が剛蔵を殺害し、遺体を唐櫃に隠し郷里膝折に引っ越しを装《よそお》って運んで埋め、孝太は飛脚旅を利用して剛蔵が生きているがごとくに殺害の隠蔽《いんぺい》をはかり、その後、剛蔵の蓄えた百両余りを元手に、ひそかに深川蛤町において、何食わぬ顔で新たな所帯を営んでいた二人の企みと手口を、ひとつひとつあげ、

「すべてを孝太が企て、お宮に指示したものであり……」

と、強い口調で罪過をあげた。

「よって、両名の姦通、剛蔵殺しとその隠蔽をはかった罪、剛蔵の蓄えを奪い己の借金弁済や小料理屋沽買《こばい》の元手にあてる目論見《もくろみ》は明白である。以上、両名ともこれに相違ないな」

詮議所にしわぶきひとつ起こらず、誰もがうな垂れていた。

「孝太、お宮、それに相違ないのだな」

筆頭与力の柚木常朝が、重ねて問い質した。

するとお宮がはがい縄に縛められた手をついた。

はがい縄は囚人が詮議の沙汰に爪印を押す決まりのため、手元までは拘束されていない。

「お役人さまに、申しあげます」

「お宮、申せ」

先の与力が言った。

「剛蔵を殺したのはわたしに相違ございません。けれど、わたしと孝太さんが情を通じていたというのは誤りでございます。わたしと孝太さんは、そのような不義を働いておりません」

「偽りを申すでないぞ。これまでの詮議で、この春ごろからその方と孝太が池之端で一緒におるところを見たという者が、複数おることが明らかになった。少なくとも孝太は、池之端では顔の知られた男だ。数名の女と池之端の水之江という出合茶屋に出入りしていた事実はつかんでおる。その方も水之江で孝太と情を通じたのであろう」

「いいえ。そのようなことはございません。わたしと孝太さんは、今年の春に偶然、新土手の道で会った折り、出茶屋の床几にかけて、所帯の愚痴を聞いてもらったことがございました。それが一度だけでございます」

「それ以後は、孝太と会っておらんと申すのか」

「はい。わたしは好きになった男の人はいますけれど、これまで出合茶屋に入った覚えはございません」

「では、孝太と会わず、二人はどのように剛蔵殺しを企んだのか」

「わたしがひとりで考え、ひとりで剛蔵に手をくだしました」

孝太は青黒くむくんだ顔をそむけたままだった。

「剛蔵はわたしに男がいると思いこみ、毎晩のようにわたしを打《ぶ》ちました。わたしが信じられないなら離縁してほしいと頼んだのに、剛蔵は男の名を吐けと罵るばかりでございました。わたしは剛蔵の殴る蹴るに堪えられず、もう剛蔵を殺すしかその苦痛から逃れる道はないと思ったのでございます。それであの晩、剛蔵に手をかけたのでございます。手口は、お役人さまのご指摘のとおりでございます」

「ならばなぜ剛蔵の亡骸《なきがら》を膝折に埋めた後、孝太の元へ走った。孝太の深川蛤町の引っ越し先を知っていたのも、二人が情を通じた仲であり、前もって剛蔵の蓄えを奪うはかりごとがなければ、知り得ぬことであろう」

「わたしが孝太さんを巻きこんだのでございます。わたしは激情にかられて剛蔵に手をかけてしまったけれど、後のことは何も考えていませんでした。後になってから恐くなり、剛蔵の亡骸を唐櫃に隠し、翌朝、剛蔵を捜すふりをして孝太さんに相談を持ちかけたのでございます。孝太さんはわたしに同情して、剛蔵が生きており、上方へ姿を消したという筋書きをめぐらせてくれただけでございます」

「それでは剛蔵が蓄えていた百両余りの金の使い道について、孝太はどのように申したのだ」

「どのようにも申しておりません。剛蔵のお金は、孝太さんを巻きこんだことが申しわけなくって、わたしの方から渡しました。孝太さんに借金があることはわかっておりましたので。そうしたら孝太さんは、この金は全部は使わない、残った金で二人でやり直そうじゃないかと言ってくれたのです」

「孝太は、剛蔵殺害も金を奪うこともその方に指示しておらんと言うのか」

「はい。すべては、わたしの考えでやったことでございます」

詮議所は小さなざわめきに包まれた。

「娘のお千代を、膝折におき去りにしたこともか」

「はい。孝太さんにやり直そうと言われたことが頭から離れなくなり、江戸へ戻ったのでございます。お千代には後で必ず迎えにくるからと言い聞かせておりました。ただ、お千代はまだ幼くて……」

お宮は何もかもを観念し、すべての罪をかぶろうとしているかに見えた。

龍平は、郷助に支えられるようにして俯いているお千代をうかがった。

お千代の顔は、日に焼け、乾いた涙の跡で汚れていた。

「お宮、剛蔵は重たかったか」

と筆頭与力の柚木常朝が言った。

お宮は「はい？」と、小首をあげた。

「剛蔵の頭を金槌《かなづち》で打って殺害し、小柄とはいえ、亡骸をその方ひとりで唐櫃に隠し、膝折へ運んでひとりで埋めたのであろう」

「は、はい」

そのとき、

「母ちゃんは、母ちゃんは剛蔵さんを殺していません」

と、甲高《かんだか》い声が詮議所の白洲に走った。

一同が声のした方向へ目をやり、息を凍りつかせた。

お千代がお宮の傍らへばたばたと駆け寄り、寄り添ったからだった。

「剛蔵さんは、自分から階段を転げ落ちて死んだんです」

お千代がお宮にすがり、再び叫んだ。

蹲同心が「これっ」とお千代をとがめ、引き離そうとした。

一転してざわめきが白洲を包んだ。

柚木が蹲同心を制して言った。

「その方、お宮の娘、お千代だな」

お千代はひれ伏した。

「剛蔵が階段を落ちて死んだとは、どういうことだ」

「剛蔵さんが二階にあがってきて、わっちに言ったんです。おまえが母ちゃんの償いをしろって」

柚木はまだ童女の、必死なふる舞いを訝しげに見つめた。

そして、おもむろに言葉を継いだ。

「剛蔵は、どのような償いをしろと言ったのだ」

「わかりません。けど、あの晩、わっちが二階で寝ていたら、下で剛蔵さんがお酒に酔っぱらって母ちゃんをいじめて打っている音が聞こえて、目が覚めたんです。しばらくしたら剛蔵さんが二階へあがってきて、わっちの腕をぎゅうっとつかんで起こし、顔を近づけて償いをしろって言ったんです。そのとき母ちゃんが剛蔵さんをわっちから引き離したんです」

「お、お役人さまに、申しあげます」

お宮がはがい縄の両手を莚につき、喘《あえ》ぎあえぎ言った。

「お千代は、わたしをかばうために偽りを申しております。剛蔵に手をかけたのは、わたしです。あの晩のことは、お千代は何も知りません」

「違います。わっちが母ちゃんの後ろに隠れたら、剛蔵さんは、わっちにこっちへおいでと言って、腕をつかもうとしたので母ちゃんが押したら、剛蔵さんはふらふらさがりながら笑ってました。それから勝手に階段を転げ落ちていったんです」

「自分で落ちたのか」

「はい、こんなふうに手をふって、おうとっとって言いながら」

「それから」

「剛蔵さんは階段の下で、動かなくなりました。わっちは母ちゃんを手伝って剛蔵さんを布団に寝かしました。母ちゃんは泣いていました。それからわっちは眠ってしまい、目が覚めたら剛蔵さんはもういませんでした。母ちゃんは台所で朝ご飯をつくっていて、わっちに、夕べのことは誰にも話しちゃあいけないよ、忘れておしまいって言いました」

その後のお千代の言葉は、木枯らしの音にかき消されそうだった。

やがて柚木が言った。

「お千代、話してはいけないと母ちゃんに言われたのに、なぜ話した」

「母ちゃんは剛蔵さんを殺してないのに、悪いのは剛蔵さんの方なのに、それと悪いのは……」

白洲の一同はかたまっていた。

沈黙が白洲を覆い、木枯らしが青い冬空で鳴った。

は、は、は……

突然、それまで黙っていた孝太の笑い声が凍りついた沈黙のかたまりを砕いた。

「静かにいたせ」

蹲同心が孝太を咎めた。

「やれやれ、泣かせるねえ」

孝太は薄笑いを浮かべた。

「お役人さま、悪いのはこのあっしでさあ。お宮から剛蔵の蓄えを巻きあげたんだから」

それからお宮の方を向き、

「お宮、すまねえな。おれをかばってくれて。けど、もういいぜ」

と孝太は、無頼な口調になって言った。

「どうせあっしの罪はよくって下手人、首が落っこちるのはまぬがれねえ。隠しとおせると思ってた死体が見つかっちゃあ、これまでだ。洗いざらいお話しいたしやす」

誰もが固唾《かたず》を飲み、瞬《まばた》きするのさえためらわれた。

「まずあっしとお宮は、先ほどお宮が訴えやしたとおり、情を通じてなんぞおりやせん。あっしが池之端の水之江に連れこんだのはほかの馴染みの女らで、お宮とは一度もそういうことはありゃしやせん。お宮とは、春先に一度、所帯の愚痴を聞いてやってから剛蔵が死んだことを打ち明けられた先月のあの日まで、会ってもいねえんですよ」

孝太はふてぶてしい眼差しを、詮議所の板縁に座る龍平に向けた。

「あっしは、剛蔵がいくら残してくたばったのかは知らねえが、お宮が困り果てて相談にきたとき、いくらでもいいからそいつをせしめてやろうと思っただけなんでさあ。他人《ひと》はみんな、あんたが剛蔵を殺したと思うだろう。剛蔵みたいな亭主のために咎めを受けて死ぬなんて馬鹿らしいじゃねえかって、慰めてやりやしてね。それから剛蔵が上方へ女と駆け落ちをしたあの筋書きをあっしが書いて、きっとうまくいくと励ましやした」

孝太はお宮と、お宮にすがるお千代へ一瞥をくれた。

「で、ちょいと金がいるが、なんとかならねえかいと、それとなく臭わすと、お宮は剛蔵が蓄えていた百両をおずおずと出すじゃありやせんか。本当のとこは、お剛蔵の金が目あてだったが、困ったときはいつでも江戸に戻っておいで、なんだったら二人で小料理屋でも始めてやり直そうじゃないかって、軽く誘ったんでやす。本気で言ったんじゃありやせんよ。だから、お宮が剛蔵を埋めた後、まさか本当に江戸へ戻ってくるとは思っていなかったんでさあ。あれは意外でやした」

お宮は傍らで声を絞っていた。

ため息と驚きの吐息がないまぜになり、地鳴りのような低いざわめきが詮議所の土間にゆれた。

柚木は与力から下役同心と、いちばん端に連らなっている龍平にまで視線を物思わしげにめぐらした。

十三

北町奉行・永田備前守《ながたびぜんのかみ》はこの一件について、詮議役与力全員と公用人を召集し、長時間に亘って評議を行なった。

その評議の場には平同心の龍平も呼ばれ、意見を求められた。

評議の翌日、奉行は老中・土井大炊頭利和《どいおおいのかみとしかず》に事の経緯と、評議の結果を報告し了承を得た。

三日後、北町奉行所大白洲に、三日前と同じ差添人の見守る中、孝太、お宮と並んだ隣に、安兵衛預けになっていたお千代が、これはは縄はなく座らされ、谷中八軒町安兵衛店大工・剛蔵殺しの申し渡しがなされた。

奉行の列座するこの裁許所大白洲における申し渡しが、詮議の最後の場なのである。

――大工・剛蔵が酒に酔って娘・千代に不埒な意図を抱き、はからずも階段を踏みはずし自ら転落して一命を落としたことは、詮議の結果疑いがなく、谷中八軒町安兵衛店大工・剛蔵殺しの一件は沙汰なしとなった。

だが、孝太が偶然知った剛蔵の死にかこつけ、宮の助けを装いながら剛蔵の死の隠蔽を画策し、剛蔵の蓄えを宮に出すよう言いくるめ、己の借金弁済と料理屋を手に入れる元手にあてることを目論んだ行為、および宮においても、剛蔵の死を供養すべき身にもかかわらず、孝太と共謀した罪は明らかであると断罪された。

宮は江戸払いを申し渡された。

そして孝太には、小伝馬町牢屋敷において検使役の詮議役与力が申し渡す重刑が科せられた。

その夜、左内町の桔梗の店奥の部屋で、龍平と梅宮の宮三、寛一の三人が暖かな置炬燵《ごたつ》を囲んで、亭主の吉弥が腕をふるう京料理、刺身や酢の物、京風の碗物を肴《さかな》に燗酒を酌み交わしていた。

店はいつもどおりの繁盛ぶりで、店の表土間の賑わいが聞こえていた。

龍平は熱燗の銚子をとって、宮三に差しながら言った。

「夕刻、検使の詮議役が牢屋敷に赴いて、孝太に申し渡しがあってな。孝太は八《はち》丈《じょう》遠島になったよ」

龍平は寛一にも熱燗を差し、

「孝太には、少し厳しすぎるような気もするが」

と、淡々とした口調でつけ加えた。

「旦那もおひとつ……」

宮三は盃をかえし、穏やかに微笑んだ。

「あいつも地道に飛脚稼業に励んでりゃあいいものを、博打を打つわ女にのめりこむわの挙句に、性質《たち》の悪い借金を作って、結局、てめえから損な役回りを演じて躓《つまず》いたんでやすねえ」

「恩赦には十年が通例だから、十年は八丈から戻ってこられないだろう」

「十年でやすか。しかし、裁きがついたとはいえ、死んだ剛蔵も間抜けだし、お宮だって可哀想な女だ。それに何より、お千代のことが……」

宮三が言いかけたとき、寛一が合点がいかなそうに訊いた。

「旦那、あっしは今度の一件が、やっぱりすっきりしねえんですよ。剛蔵が自分から誤って階段を踏みはずして転落して死んだんなら、お宮はどうして自分が手をくだしたと言いはったんでやすか。お千代も見てたんだし、ありのままに言えばよかったんじゃねえすか」

宮三が寛一に銚子を差し、寛一は勢いよく盃を乾《ほ》した。

「それに、剛蔵の蓄えはお宮のものになるんだし、何のためにわざわざ剛蔵の死体を隠して生きてるように見せかける危ない橋を渡る必要があったのか、あっしにはそれも腑に落ちねえんですよ」

「あの晩、何があったのかは、お宮とお千代の言葉を信じるしかないんだ。おれは、お千代が母親をとり戻せて、それでよかったと思ってる」

龍平は不審げな寛一を見つめて言った。

それから、

「もしかしたら……」

と宮三に視線を回した。

「あの晩、剛蔵は誤って階段を落ちた後、まだ息があったかもしれん。隣のおかみさんが物音を気づかって、戸の外から声をかけたとき、お宮は、とっさにその場をとりつくろった。寛一が不審に思うのは無理はない。なぜお宮はそのとき、なんでもないようにとりつくろったのだろう」

「な、なぜなんで」

「おれは、お宮はあのとき、剛蔵にそのまま消えていなくなってほしかったんじゃないかと思うんだ。お宮は剛蔵を放っておいて、死ぬのを待ったんじゃないかとな」

「………」

宮三と寛一は龍平にじっと眼差しを向けていた。

「剛蔵は死んだ。よっぽど打ちどころが悪く、たとえお宮が介抱しても助からなかったろう。だがお宮はそのとき、自分が剛蔵を殺したも同然と、罪の後ろめたさを抱えこんだ。お宮は、誰のせいでもない、すべて自分が間違ったことをしたせいだと、罪を背負うつもりだったんだ」

「孝太の罪を、でやすか」

「違うよ。お宮はお千代のことを慮《おもんぱか》ったんだ」

「お千代のことを？」

宮三と寛一は声を揃え、顔を見合わせた。

「たぶん、お千代は母親のやったことを、全部知ってた。剛蔵の亡骸を唐櫃に隠し、膝折に運び、あの離れの裏に埋めたことをな。もしかしたら、お千代も唐櫃を埋めるのを手伝ったかもしれない。お千代は母親が唐櫃を埋めたその跡に花や木の枝を集めて、自分ひとりの遊び場にした。人に知られないように隠すつもりでか、あるいは、お千代なりの供養のつもりでか」

「そうだ。そうでやしたねえ」

「なのにお宮は、そんなお千代を剛蔵の亡骸を埋めた膝折に残して孝太の元へ走った。お千代はさぞかし悲しかっただろうな」

「悲しいどころじゃありやせんぜ。あっしなら、考えただけでぞっとしやす」

「けどな、それはお宮にもわかっていたはずだ。なんて可哀想なことをしたんだろう、なんてひどい母親なんだろうってな。だから剛蔵の死体が見つかって事が露顕したとき、お宮は自分にばちがあたったと、思ったんだ」

宮三が、ああ、というふうな顔つきになって頷いた。

「お宮は、剛蔵がお千代に乱暴を働こうとしたことや、剛蔵の亡骸をひそかに埋めた自分の愚かな行為にお千代を巻きこんだことを、奉行所にも世間にも知られて、これ以上お千代を苦しめてはならないと思ったんだろう。だから己ひとりですべてを背負いこもうとした。あれはお宮なりに、お千代を守ろうと考えた母心だった」

「そう言えば深川の蛤町でお宮の話を訊いたとき、お宮が言ってやしたね。お千代は母親のあたしを恨んでって……」

龍平は盃を呷《あお》った。

「罪をひとりでかぶったら、悪くすりゃあ亭主殺しの罪で、打ち首獄門になったかもしれないのに。それじゃあ、お千代がもっと悲しんで、苦しむだけじゃあねえですか」

「それでもお宮は、そうしなければ自分の気持ちがすまなかったんだ」

「ふうん、わからねえなあ」

黙って聞いている宮三が、黙ったまま龍平の盃に銚子を差した。

「わからないか。しかし、お奉行はご存じだよ」

宮三と寛一は龍平を見つめた。

「おれはお奉行に呼ばれ、おれの考えは話した。お奉行はけな気なお千代のふる舞いや、女手ひとつで苦労して子供を育て懸命に生きてきたお宮をひどく憐《あわ》れまれてな。辛い日々から逃れたいと思う一心で、孝太の誘いに乗ったお宮の弱さは愚かだが、そんな苦労して生きてきた哀れな女をこれ以上罰し、子供を悲しませるのは忍び難いというお考えなのだ。真実を究明すればお宮の罪はもっと重くなる。お千代の母親を助けたいというひたむきな願いをかなえるためには、今日のお裁きしかないとなったのだ」

龍平は、ふっ、と小さな笑みを浮かべた。

「これは詮議役筆頭与力の柚木さまとも協議のうえ、決断なされたことだ」

ぽかんと龍平を見つめている寛一が、心地よさそうにひとつ頷いた。

宮三が龍平に盃を空けることを進め、酒をついだ。

「それでいいんでやすよねえ、旦那。あっしも、ちょびっと、胸のつかえがとれやした。よかった。それでいいんだ、うん、それでいい」

と宮三は後味を味わうように呟いた。

「開けるわよ」

廊下で明るい声がして、お諏訪が障子を開けた。

湯気の立った新しい銚子を盆に載せて運んできたのだ。

表の店のざわめきと酒の馥郁《ふくいく》とした香りがほのかに漂った。

「はい。どうぞ。空のお銚子をいただくわ」

お諏訪は銚子を交換しながら言った。

そのとき、寛一と目を合わせ、くすりと笑った。

「みなさん、どうしたの。へんににやにやして。何かあったの」

「おめえは、子供だからまだわかんねえんだよ」

寛一は、ふふ……と声をもらした。

「お諏訪ちゃん、みんなに一杯ずつ、酌をしてくれよ」

「いいわよ。はい、親分から、どうぞ」

龍平は宮三、寛一とお諏訪の風情を眺めながら、やはり膝折の郷助の元へ身を寄せることになったお千代とお宮へ、思いを遊ばせた。

「はい龍平さん」

とお諏訪が龍平の盃に酌をした。

お宮とお千代は、今ごろはもう膝折について、あの寂しい離れの一軒屋で小さな行燈を灯し、お宮の漬けた漬物をおかずに、向かい合って飯を食っているだろうか。

それとも疲れて、ひとつの布団にくるまり、もう休んでいるだろうか。

お千代、母ちゃんに思う存分甘えたらいい。

そしていつか綺麗な女になって、働き者で男前で優しい亭主と所帯を持ち、可愛い子供をつくって、大事に育て、母ちゃんを心から安心させてやれ。

龍平は盃をあげて、そう思った。

第三話　はぐれ烏《がらす》

一

文化十三年、師走《しわす》の日がすぎてゆく。

年の瀬と、言うほど気ぜわしさはさほどでもない上旬《じようじゆん》の朝、長屋裏の日あたりの悪い板塀際《いたべいぎわ》に、一昨日《おととい》降った雪が斑《まだら》に残って凍《こお》りついていた。

でこぼこ道の水溜《たま》りは氷がはって、道端《みちばた》には霜柱《しもばしら》がたっている。

手習の草紙をさげお師匠さんの小屋へ出かける子供らが氷を踏み破《わ》っていくはしゃぎ声が、朝の厳しい寒気をわずかになごませていた。

お栄《えい》は、亭主の喜一《きいち》が湯屋へぶらりと出かけた後、碗《わん》と皿の洗い物をすすいで片づけ、路地の井戸端で、下帯、肌着、腰巻や帷子《かたびら》などの洗濯をすませた。

それからいそいそと鏡台へ向かい、身支度《みじたく》にかかる。

三十をひとつ超《こ》えたけれど、まだ潤《うるお》いをたたえる薄い桃色の肌に薄《う》っすらと白粉《おしろい》を掃《は》き唇に紅《べに》を塗《ぬ》っていると、昨夜の喜一の戯《たわむ》れを身体中が思い出し、ざわざわとしたせつないふるえが走るのだった。

喜一はまるで、五年の空白をわずかな日々のうちにとり戻そうともがくかのように、お栄を抱いた。

喜一を悦《よろこ》ばせたい一心で激しく抱き合うけれど、熟《う》れた身体《からだ》は喜一の荒っぽい愛撫を受けて戦《おのの》き、快感を忘我《ぼうが》のうちに貪《むさぼ》っている自分の欲深さに、お栄は驚いていた。

お栄は、我慢できない哭《な》き声を、布団《ふとん》をかんで消した。

そして、自分の身体がいつの間にこんなふうになっていたのかと、不思議な気持ちになる。

喜一を待った五年の月日、お栄はほかの男の身体に触れる気にはなれず、自分を慰める快楽が少し薄汚れた儚《はかな》さと甘酸《あまず》っぱい空虚《くうきょ》さで満たされれば、己の身体はそれ以上の欲望を欲したことはなかった。

お栄は、島田《しまだ》の髱《たぼ》に手をあてがい、ひとつ微笑《ほほえ》んで鏡に覆《おお》いをかけた。

髪結道具を納めた行李《こうり》を風呂敷に包んで背にからげると、六畳に続く板敷から土間へおり、水戸《みと》家中《なか》屋敷裏手にかたまった長屋の狭い路地に、塗り下駄《げた》の音をからころと鳴らした。

隣のおかみさんの土間へ、いきがけの声をかける。

「おしんさん、いってきやす」

「あいよ。いっといで」

客は根津《ねづ》権現社の大鳥居を潜《くぐ》った門前町に軒《のき》を並べる女郎屋の売女《ばいじょ》や、色茶屋の芸者たちである。

ひとりの女郎の髪を結って三十文から五十文。

一日中、客が途ぎれない日もあれば、数人の日もある。

けれどもお栄は、根津門前町では評判の女髪結だった。

根津門前町へ向かう宮永《みやなが》町の裏通りをゆきながら、お栄は白い息を吐《は》いた。

道脇の霊雲寺《れいうんじ》本殿裏の墓地あたりで、烏《からす》が鳴いていた。

ただお栄は、とき折りふと、別の気がかりにかられることがある。

お栄と大経師《だいきょうじ》の職人だった喜一が夫婦になったのは、五年と十ヵ月前、お栄が二十六、喜一が三十歳の春である。

互いに手に職を持ち、今に今にと思いながらも婚期が遅れ、その年になってようやく持った所帯だった。

それだけに、二人で真面目《まじめ》に稼《かせ》いでいずれは表店に経師屋を開き、子宝にも恵まれますようにと、根津権現に願をかけ、末を深く契《ちぎ》った夫婦だった。

けれども、職人気質の喜一は、経師屋の本場は京でさらに腕を磨き箔《はく》をつけたいと、半年がたった五年前、悲しむお栄に、

「三年で必ず、必ず戻ってくる。三年なんて、あっという間さ」

と、固い約束を言い交わして京へ旅だった。

お栄は喜一の約束を信じ、亭主がつつがなく修業が果たせますようにと祈りつつ、三年の日々を一日千秋《いちじつせんしゅう》の思いで待った。

ところが、喜一が京へ旅だちほぼ二年がすぎるころから、それまで三月《みつき》に一度は必ず寄越《よこ》した文が途絶え、お栄が送る文にも返事がかえってこなくなった。

どうしたんだろうと気をもみ、京の修業先より喜一が突然姿を消したとの知らせが届いたとき、事情を知らないお栄は、不審と驚きにただ戸惑うばかりだった。

修業先へあらためて問い合わせると、詳しい事情は修業先でもわからないけれ

ども、どうやら借金に苦しんでいたようだ、という返事がかえってきた。

借金なんて、喜一の文はそんなことにはふれていなかった。

知らせてくれたら、多少は蓄えも回せたのに。

もしや女ができて、京のどこかで新しく所帯を持っているのでは？

一本気な職人だったから、修業がうまくいかなくてつい捨《す》て鉢《ばち》になって何もかも放り出し、姿をくらましたのでは？

大病でも患《わずら》って、どこかで動けなくなっているのでは、もしや誰かの恨《うら》みをかって、ひそかに……

などとお栄はあれこれ思いめぐらし、煩悶《はんもん》した。

それからお栄は、どんな小さな伝《つて》も頼って喜一の行方を訊《たず》ねた。

けれど、喜一が姿を消したわけや行先は知れなかった。

悲しみや寂しさがじわじわとお栄を苦しめ始めたのは、喜一が消息を断ったまま約束の三年がすぎてからだった。

裏ぎられた、捨てられた、と恨む思いとは裏腹に、あの人はきっと帰ってくると信じたい未練で、お栄の心は引き裂かれた。

ある日突然、表の腰高障子《こしだかしょうじ》が開いて、

「お栄、今戻ったぜ」

と喜一がそこに立った姿を繰りかえし思い描き、夢にも見、われにかえっていっそうつのる悲嘆に苛《さいな》まれた。

約束の三年がすぎたとき、裏店《うらだな》の家主の与五郎《よごろう》が後妻の話を持ってきた。相手は上野に小さな小間物屋を営《いとな》む四十歳の商人《あきんど》で、死に別れた前妻の子が三人いた。

「先方は、お栄さんの事情を全部承知したうえでぜひと、仰《おつしや》ってるんだがね」

と家主は勧めた。

悪い話ではなかった。

亭主の行方が知れず、十ヵ月音信が途絶《とだ》えれば女房にも離婚は認められる。

だが、お栄は断わった。

もう帰ってなんかこないのねと諦《あきら》めてはいても、帰ってくるとすがりたい自分の心を、お栄はどうすることもできなかったからだ。

そうしてまたたく間に一年が儚くすぎ、五年目の年が明けたのだった。

お栄は三十一歳になった。

虚しく春と夏がめぐり、秋の終わりのある晩――

表の板戸を誰かが、ほと、ほと、と叩《たた》いた。

「どなた……」

長い戸惑いの沈黙の後、男の声が言った。

「すまねえ。お栄、おれだ。喜一だ」

お栄は身ぶるいした。

ふるえる手で戸を開けると、路地へもれる薄明かりの中に、三度笠《さんどがさ》と縞《しま》の回し合羽《がっぱ》に身をくるんだ喜一が、ひっそりと佇《たたず》んでいた。

繰りかえし思い描いた姿とは似ても似つかない荒《すさ》んだ姿だったが、まぎれもなく繰りかえし思い描いてきた喜一だった。

驚きでも、恨みでも、喜びでも悲しみでも懐かしさでもなかった。

ただお栄は、五年の長い辛《つら》い夢から覚めたことを知った。

「ばか」

それから、馬鹿だねあんた……と泣いた。

二

　お栄は、土塀の向こうの霊雲寺本殿の、朝の光をはねかえして銀色に光る甍《いらか》屋根をながめた。

　はぐれ鳥《がらす》が一羽、屋根の突端に止まり、仲間を呼んでいた。

　お栄の気がかりは、喜一の人柄がすっかり変わっていたことだった。

　消息の途絶えていた年月、何をしていたのと訊ねても、「いろいろあってさ……」と笑ってはぐらかすのはいいとしても、喜一は大経師の職を捨てていた。といって別の仕事をしているのではなく、また何かを始めようとしているふうにも見えないのが、解《げ》せなかった。

　お栄のもとに帰ってきてから二ヵ月以上がたっていた。

　その間、喜一はほとんど毎日寝《ね》っ転《ころ》がって双紙《ぞうし》などを読み耽《ふけ》ってすごし、まれに、人と会う用があるとふらりと出かけ、夜更《よふ》けに酒で顔を赤らめて帰ってくるくらいだった。

　誰に会ってきたの、どんな用だったの、と気になって訊ねるが、それにも喜一はいい加減にしかこたえず、どこか、「ほっといてくれよ」と言いたげな投げやりな素ぶりだった。

まるで、お栄のところに転がりこんできた居候《いそうろう》のように影が薄い。

五年前はこんな人ではなかったと、一本気な職人だった喜一を知っているだけに、気が気でなかった。

またぷいと、どこかへ姿をくらますのじゃないか、夕方、仕事から帰ってきたらいなくなってるんじゃないかと、そんな根っこの据わらないあぶなっかしさを、お栄は喜一に覚えていた。

「お栄さん」

宮永町の裏通りを抜け、小堀を渡って根津門前町の大門を入ったところで、水茶屋の三益屋《みますや》の女将《おかみ》に呼び止められた。

根津門前町の通りは、土産物屋《みやげもの》に女郎屋、さまざまな茶屋が櫛比《しっぴ》し、明るいうちから参詣客《さんけい》が茶屋で芸者を揚《あ》げ女郎と戯れる、江戸でも名の知られた岡場所である。

だが朝のこの刻限は、泊まりの客が引きあげ、当日の客が女郎屋をのぞくまでにはまだ間のある、女郎もくつろげるまったりとしたひとときである。

「あら、女将さん、おはようございやす」

お栄は三益屋の女将に会釈をかえした。

「お栄さん、今日、頼めないかい」

「生憎《あいにく》、これから園田《そのだ》さんところで三人、頼まれておりやして」

「その後はどうだい」

「八ツ（午後二時頃）ごろから七ツ（午後四時頃）までなら、なんとか空けられると思いやす」

「じゃあ八ツ、頼むよ。いえね、うちの娘なの。夕方、主人と出かける用ができたもんでね。主人が髪をちゃんとしろってうるさいんだよ」

「ということは、お翔《しょう》ちゃん？」

「そう。子供子供と思ってたら、いつの間にかあたしより背が伸びて」

「近ごろ、急に背が伸びやしたものね。先だって、道でお翔ちゃんとお会いして、こんにちはって声をかけていただきやしたのに、どこの女の人でしたっけって、すぐにお翔ちゃんと気づきやせんでしたもの」

「大きくなるのはいいんだけど、生意気になって困るよ。親の言うことなんか聞きゃあしない。主人が甘やかすもんだから、親の苦労も知らずに顔見世狂言だ何とか参りだって、遊んでばかり……」

と三益屋の女将は苦笑を浮かべつつ、娘の成長が嬉《うれ》しそうである。

「わかりやした。では八ツ、なるべく遅れないようにおうかがいいたしやす」

「そうしておくれ」

腰を折っていきかけたお栄に、女将はついでに言った。

「そういやあ、ご亭主はまだ働いてないのかい」

「あ、はい。何か、考えてはいるようですけど……」

「腕のある職人は気難しい人が多いから。じゃあ今は、お栄さんの稼ぎだけなのかい？　ご苦労さんだねえ。でも、京で修業を積んだ大経師なんだから、本人がその気にさえなれば、すぐに声はかかると思うけどね」

お栄は女将に愛想笑いをかえして、門前町に下駄を鳴らした。

喜一が近所で噂《うわさ》になっていることは、知っている。

長い間消息を絶ち忘れられていた亭主が、五年がたってひょっこり女房の元へ舞い戻ってきたそれだけでも、いろんな推量が流れるものだ。

ましてや亭主は働きもせず、髪結の女房の稼ぎに頼って自堕落に日を送る様子が目につけば、陰であれこれ噂がたつのも仕方のないことだった。

本場の職人に敵《かな》わなくて、意気地がなく修業は諦めたらしいだの、上方《かみがた》で博打渡世を送っていただの、ふらふらと出かけるのは賭場《とば》に出入りしているだのと、嘘《うそ》か本当かお栄にもわからぬ喜一の悪い評判が耳に届く。

あんた、亭主らしく、ちゃんとしておくれよ。

言いたくなることはある。

けれど、それを口にしたらきっと言い争いになる。

そうなったら喜一はまた、あたしの前から姿を消してしまうだろう。

お栄は門前町の通りを歩きながら思った。

三

宮永町の裏通りから辻《つじ》番をすぎ、七軒《しちけん》町へゆるやかな坂をあがる町家の並びに湯屋・竹井《たけい》の弓矢を描いた看板の幟旗《のぼりばた》がさがっている。

喜一はその竹井の浴槽に胸まで浸《つか》って、三尺（約九〇センチ）の石榴口《ざくろぐち》より差す薄い光にからまって暗い天井へたちのぼる湯気を、ぼんやり眺めていた。

身体が暖まり、うっとりと気持ちがいい。

喜一は生あくびをした。

湯から出たら、二階座敷で菓子でも食いながら寝っ転がろう。

朝の早い職人や勤め人の朝風呂が終わって客が減り、湯は多少垢《あか》じみているけれど、隠居暮らしの暇《ひま》なじいさんらの姿が目だつころ合いだった。

どこかのお屋敷の非番の勤番侍が、さっきまで浴槽でのんびりしていた。

洗い場で陸湯《おかゆ》をかぶる音がしている。

喜一は緊張がほぐれて、近ごろ身体がしんなりしているのを感じていた。

夕べのお栄の痴態がちらちらとかすめて、喜一は、ふ、と笑った。

甘い吐息がささやきかけるようだった。

だが、三年の約束が五年になった。

それでも待っていてくれたお栄が、可哀想《かわいそう》にもなる。

生真面目に経師屋の修業を続けていたら、今ここには違うおれがいたのだなと、喜一の胸を痛みが、ちくり、と刺した。

ふん、すぎたときを惜《お》しんでも、始まらねえ。

ざぶりと顔に湯をかぶった。

「喜一さん、湯へはいつも今ごろでやすか」

声の方へふり向くと、同じ裏店の夕助《ゆうすけ》がいつの間にか浴槽に浸っていて、ほの暗い湯気のかすみの中で喜一に笑いかけていた。

「ああ。決めてるわけじゃ、ないけどね」

夕助に軽く笑みをかえした。

「こう冷えると、朝、ゆっくりあったまるのは、堪《こた》えられやせんやね」

夕助はちょっと馴《な》れなれしい。

うん、と喜一は頷《うなず》いたが、夕助と言葉を交わすのは初めてだった。

与五郎店《だな》は、六軒長屋と路地を挟んで三軒長屋に二軒長屋が建ち、井戸と稲荷《いなり》が二棟の間にあって、ごみ溜と二つの雪隠《せっちん》が路地奥の、藪《やぶ》に覆われた水戸家中屋敷裏手の板塀際に並んでいる。

夕助は、お栄と喜一の住まいの斜め向かいになる二軒長屋の空家へ、七日前、越してきたばかりの独り者だった。

確か引っ越しの挨拶《あいさつ》にきたとき三十と言っていた。気楽な独り身のせいか年より若く見える色白の背の高い優男《やさおとこ》である。

家主の与五郎の遠い親戚筋とかで、七日前、与五郎がつき添って店の一軒一軒を挨拶回りしてお栄と喜一の家にも、夕刻きた。

奉公先が長続きせず、勤めては辞め勤めては辞めを繰りかえし、未だ女房も持てない甲斐性《かいしょう》なしで、と与五郎が言っていた。

「与五郎さんのお世話で、しばらくこちらでごやっかいになりやす。何ぶんよろしくお願いいたしやす」

恐縮して挨拶した口ぶりは気がよさそうだった。

けれども、やくざな暮らしを送っていた男が改心して、親類を頼って堅気《かたぎ》な生活を始めたような、そんなぎこちなさが見えた。

この男、もしかして前科者じゃねえか、と喜一は数年来の勘《かん》で思った。

喜一は夕助の左腕にちらりと目を投げた。

前科者ならたいてい、二の腕に幅三分《ぶ》の入墨《いれずみ》が二筋入っている。

生白《なまっちろ》い腕に入墨はなかった。

ただ、挨拶にきたときはひょろりと痩《や》せた外見だったのに、薄暗い浴槽の湯気を透《すか》してでも鍛えて筋ばった肩と腕の肉が目についた。

「喜一さんは、大経師の職人さんだそうでやすね、京で修業を積んだ。いいなあ、腕に覚えがあってさ。おれなんか手に職をつけたくても、この年になってこれから修業なんかできねえしなぁ」

「経師屋は、もう辞めやした」

「え？　辞めた。それで今ごろ……」

暢気《のんき》に朝湯ってか、と喜一は夕助からすげなく目をそらした。

「けどいいじゃありやせんか。あんな綺麗なおかみさんがいて。おかみさんは門前町じゃあ評判の髪結さんだそうでやすね。おかみさんの稼ぎでのんびり暮らすってえのも、ある意味、男の甲斐性ですよ」

「他人が思うほど、のんびりできるわけじゃねえさ」

そういうもんすか——と夕助は湯をゆらして喜一と肩を並べた。

「おれなんかさんざん貢《みつ》いだ挙句《あげく》が、愛想つかされてばっかだもんなぁ」

喜一は、馴《な》れなれしく近づいてくるやつには用心しろと言った、海《う》へびの摩吉《まきち》の言葉を思い出したが、夕助のゆるい笑みについ気を許した。

「夕助さん、生まれはどこだい」

「ゆうすけ、でいいすよ、兄《あに》さん」

夕助は喜一を、もうあにさんと呼んだ。

「亀戸《かめいど》の田舎でやす。親は百姓でやした」

「百姓には見えねえな」

「十五のときに家を飛び出しやしてね。肥溜《こえだめ》臭い土をいじるのがいやでいやで……いろいろ奉公しやしたが、それもつまらなくて、ちょいと悪仲間と縁ができちまって。と言って本物の悪党になるほどの性根も据わってねえし、結局、こんな半端《はんぱ》な野郎ができあがった、ってわけでさ」

半端な野郎か。

おれも同じだと、喜一は思った。

「今、仕事は何をやってんだい」

「神田の口入れ屋から日傭《ひよう》とりの仕事をときどき回してもらって、食いつないでやす。ろくな仕事は見つからねえし、こっちもやる気はねえしで。あ、これは与五郎さんには内緒にしといてくだせえ」

「言うもんか。けど、それで食えるのかい」

「どうにか。じつを言いやすとね、亀戸の百姓を継いだ兄きから、こっそり回してもらっておりやして。ただそれも、いつまで続くか。三十にもなっていい加減にしろと、兄きもうるさく言いやすし」

夕助は、長い両腕を天井にのばし、ああ、とだるそうな息を吐いた。

「案外、いい身体してるね」

「喧嘩《けんか》に強くなりたくて、五、六年ばかし、道場に通いやした」

　と夕助は刀を握る真似《まね》をした。

「けっ、道場剣法なんて命をはった喧嘩に役にたちゃあしやせん。所詮《しょせん》、畳水練《たたみ》でさ。喧嘩は糞度胸《くそ》だ。こうなったら、昔の仲間んとこへまた顔出してみようかなとか、考えてるんですけどね」

「昔の仲間はやめときな。あとで後悔するぜ」

「兄さん、兄さんの顔でいい働き口を紹介してもらえやせんかねえ。金になるんなら、多少、あぶねえことでもやりやすぜ」

　顔に似合わず、すれたことを言う。

　もっとも、口では偉そうなことを言っても、いざとなったら意気地のないのはいくらもいる。

「そういう話があれば声をかけるよ」

　喜一は夕助のにやにや笑いへ斜めに言い残し、頭においた手拭《てぬぐい》をつかんで浴槽を出た。

四

脱衣所から下帯に浴衣《ゆかた》を羽織って二階座敷の階段をあがる。

二階番頭に場所代八文《もん》と菓子代八文を払う。

履物《はきもの》入れと衣裳棚《いしょうだな》に草履《ぞうり》と上着をしまい、座敷の空いているところへ胡座《あぐら》をかいた。

番頭の出した茶菓を喫《きっ》しながら、身体を乾かすのである。

喜一は、横になるつもりだったから浴衣に帯をせず羽織っていたが、まわりは下帯ひとつの客が思い思いにちらばって、将棋や囲碁に興じたり、世間話をしたり、寝転んだりしている。

隠居のじいさんが多い。

少し離れたところに浴衣姿の男が横になって、背中を見せていた。

夕助に話しかけられ、眠いのを忘れていた。

温かな茶をひと口含み、横になろうとしたときだ。

「よくあったまったかい」

嗄《しやが》れた低い声が横から聞こえた。

声が自分にかけられたのかそうでないのかわからず、顔を向けると、背中を見せていた浴衣の男が、むっくりと上体を起こした。

日に焼けた高い頬骨《ほおぼね》の奥の窪《くぼ》んだ目が、喜一を睨《にら》んだ。

「あ、かしら……」

言いかけて喜一は声を呑《の》みこんだ。

月代《さかやき》を剃《そ》り印象は変わっても、伸びきっていた喜一の気分は、ざわざわっと縮まった。

長い顎《あご》にへの字に結んだ紅い唇が、男の不気味な生理をうかがわせた。

「太ったじゃねえか。楽をしてんだな」

喜一は周囲を見回した。

嗄れ声の男は言い、煙草盆《たばこ》を引きよせて煙管《キセル》を持った。

「よくここが」

「おめえの女房の顔を見ておこうと、思ってな」

煙管を咥《くわ》え、火をつけた。

「いい女じゃねえか」

煙をくゆらせた。

「あんないい女を、おれなら五年もほっときゃあしねえ」

男は灰吹《はいふ》きに灰を吹いた。

海へびの摩吉と綽名《あだな》されているこの男がお栄に近づいていることを思うと、背筋が寒くなった。

「おめえ、女房には感づかれてねえだろうな」

「そりゃもう」

喜一は作り笑いをした。

すると摩吉は肩幅の広い上体を、ゆっくり喜一の方へ寄せた。

「十五日だ。昼八ツ、澤田屋《さわだや》へいけ。手筈《てはず》はそこで伝える」

喜一はごくりと首を落とした。

胸がぎゅっと締めつけられて、息苦しくなった。

「仕事がすんだら、そのまま江戸を離れる。寄り道はできねえから、女房に悟られねえように旅の仕度をして家を出ろ。江戸は見納めだ。それまで、女房とじっくり名残《なごり》を惜しんどくんだな」

そう言って摩吉は初めて唇を歪め、白い歯を見せた。

「あの……」

「なんだ」

「女房を、連れてっちゃあ、いけやせんか」

摩吉のごつい手が、いきなり喜一の肩をつかんだ。

指が喜一の肩に食いこんだ。

痛てて……。

喜一は声を殺し、身体を歪めた。

「始末することになるぜ。てめえも女房も……」

生臭い嗄れ声が耳もとでささやいた。

喜一が顔を歪めて伏せたとき、浴衣姿の夕助が手拭を頭に載せ、ひょいひょいと階段をあがってきた。

番頭に金を払いながら喜一を見つけ、どうも、と無邪気な会釈を寄越《よこ》した。

喜一もつくろって笑みを見せた。

「誰だ」

「同じ店の住人でやす」

「親しいのか」

「親しいも何も、路地の向かいに住んでる男でやすからね」

摩吉は、夕助が奥へいって座るのを目で追い、それから喜一の肩をつかんでいた手をはずした。

「大丈夫だろうな」

「大丈夫で。しけた野郎ですから」

「いいだろう。おれはいくぜ。日を間違えるなよ」

摩吉は、がっしりした大柄な身体を持ちあげた。

夕助が隣のじいさんに話しかけていた。

五

日が暮れた六ツ半（午後七時頃）の暗がりの中、手拭を道ゆきにかぶった遊び人風体《ふうてい》の男が、呉服橋を渡り、師走は明番《あきばん》の北町奉行所表門へ足早に近づいていった。

男は表門前の小橋を越え、長身を前かがみにして右の小門を潜った。

驚いた顔の門番へ軽く会釈を投げ、玄関前の敷石を踏んだ。

途中とがめられもせず、開かれた広い玄関から奉行用部屋へ通った。

磨き抜かれ、塵《ちり》ひとつ落ちていない板廊下にひざまずき、襖《ふすま》越しに言った。

「失礼いたします。日暮龍平です」

入れ——中から声がかかった。

用部屋には二つの角行燈《かくあんどん》が煌々《こうこう》と灯《とも》っていて、北町奉行・永田備前守を中心に、詮議役《せんぎやく》与力筆頭の柚木常朝と、夜叉萬《やしやまん》という綽名《あだな》で呼ばれ奉行直属の凄腕《すごうで》と評判の高い隠密《おんみつ》廻り方同心・萬七蔵《よろずななぞう》の三人が顔を揃《そろ》えていた。

奉行は裃《かみしも》を脱いで小袖《こそで》の着流しだが、与力の柚木は継裃《つぎかみしも》で、五十前後と思われる萬七蔵は、商家の手代ふうの綿縞の長着《ながぎ》姿だった。

三人は半紙に画いた二枚の人相書きを囲んでいた。

「ひぐれ、ご苦労。近くへ」

永田備前守が示し、龍平は、つつ、とにじり寄り人相書きの側に座った。

龍平は人相書きに視線を落とした。

ひとりは、熊野《くまの》の権兵衛《ごんべえ》と記《しる》してあり、年齢や身体の特徴を示す項目に《六尺《しやく》七寸《すん》（約一九一センチ）の巨漢》《元高野山所化《こうやさんしよけ》》などとある。

二枚目が蟋蟀《こおろぎ》のお仙《せん》という大坂住吉《すみよし》で長唄《ながうた》の師匠をしていた女で、熊野の権兵衛の女房と記されている。

背丈が《四尺六寸（約一三八センチ）》とある。

二尺以上背丈が違う。

熊野の権兵衛と夫婦《めおと》なら、大男と小女の夫婦になる。

「さっそく、ひぐれの報告を聞こう」

龍平は奉行に一礼し、手控帖を懐《ふところ》から出した。

《海へび》と上方で呼ばれている強盗団が江戸方面へ下った模様、という密書が大坂町奉行所から江戸南北町奉行所へ届いたのは晩秋の末だった。

《海へび》は十数年前より上方から西国筋へかけて、有力町家や豪農を荒し回っている流しの強盗団と言われ、上方のみならず、江戸町奉行所にも一味の行状は知れ渡っていた。

人相書きは、熊野の権兵衛と蟋蟀のお仙が《海へび》の一味と大坂町奉行所がつかんで書かせたものであり、密書と一緒に送られてきたのだった。

人相書きには似顔絵はなく、その者の風貌を箇条書きに書き連ねてあるのみである。

《海へび》一味の数は数人とも十人以上ともとり沙汰《ざた》され、未だ大坂町奉行所にも確かな正体がつかめていなかった。

神出鬼没《しんしゆつきぼつ》のうえに組織だち、動きは鮮やかであり、一味が押し入ったあとの家にはぺんぺん草も残さない徹底ぶりで、押し入られた町家では死人も多数出ていて、抵抗する者は容赦《ようしや》なく殺害に及ぶ冷酷非情の強盗団、と密書にはあった。

その《海へび》を率《ひき》いる頭が、海へびの摩吉という裏街道では名を知らぬ者のない一種伝説がかった男だった。

一味を完璧《かんぺき》に統率し剃刀《かみそり》のように頭のきれる男、何事にもしくじったことがなく、押しこみを芸のようにやり遂げる男、人を始末するのに一片の感情も動かさない男……

そのような冠《かんむり》が、海へびの摩吉が裏街道で噂されるときには必ずついた。

ただ、その海へびの摩吉の人相書きがなかった。

海へびの摩吉という綽名以外は、顔も素性も腹心の子分のほかに明かしたことがないからと考えられていたが、真偽は不明である。

奉行・永田備前守は密書が届くと、隠密廻り方の萬七蔵に、《海へび》が江戸へ潜入したか否《いな》かを速《すみ》やかに調べ、潜入していた場合は隠密に捕縛の方策をたてて遂行せよと命じていた。

隠密を命じたのは、南北両奉行所が連携し、《海へび》の江戸潜入に町方が気づいていることを一味に悟られないためだった。

そのため、奉行所内でも役目についた者以外には知らされず、龍平もそのような探索がひそかに進んでいたことは知らなかった。

ただ、上方で暴れ回った《海へび》が次は江戸を狙《ねら》っているらしい、先だって、熊野の権兵衛と蟋蟀のお仙を日本橋の木更津河岸《きさらづがし》で見かけた者がいるらしい、と廻り方や詮議役の間で流れていた噂は聞いていた。

龍平は手控帖を開いて言った。

「与五郎店の喜一の動きに、今日までのところ変わった様子はありません。ほぼ毎朝、竹井という七軒町の湯屋へいき、湯屋から昼前に戻ると午後はほとんど外へ出ることのない毎日を送っております。四日前の午後、芝口の口入れ屋・澤田屋へ出かけ、四半刻《しはんとき》（約三〇分）ほどで澤田屋を出た帰りに、尾張《おわり》町の安寿《あんじゅ》という蕎麦《そば》屋へ寄ってひとりで酒を呑み、それから同じ尾張町の高須《たかす》という古着屋で女物の紬《つむぎ》を買い求め、帰途につきました。古着の紬は女房への土産と思われます。与五郎店に戻ったのは六ツ半すぎ。この間、店の者とのやりとり以外に人と接触する行動は見えませんでした」

「芝口の口入れ屋とはずいぶん遠いな。わざわざ澤田屋まで出かけるというのは、裏があるのではないか」

「はい。喜一が寄った澤田屋、安寿、高須のうち、澤田屋が一番仲間と接触がはかりやすいと思われます。それに、昼さがり、ぶらぶら澤田屋へ出かけたというのは、仕事を探す目的ではなく、ほかの何かがあったと推量できます」

「澤田屋が仲間との連絡場所か」

「芝口の澤田屋は、ひぐれの報告をもとに見はりをつけておりますが、こちらも熊野の権兵衛、蟋蟀のお仙らしき女の出入りはまだありません」

と萬七蔵が奉行へ言った。

「ひぐれの手の者に、神田で口入れ屋の梅宮を営む宮三という親分がおり、宮三に同業の伝を頼って澤田屋を探らせましたところ、澤田屋は京橋南から高輪《たかなわ》、品《しな》川《がわ》あたりまでの、主に商家へ奉公人を斡旋《あっせん》している口入れ屋です。主人は寺左衛《じざえ》門《もん》という四十代の上方の男で、十年前、文化三年の丙寅火事《へいいんかじ》の後、上方から下ってきて株を手に入れ、今の場所で口入れ屋を始めております。どこと言って不審な男ではありません。ちなみに、尾張町の蕎麦屋・安寿、古着屋の高須にも澤田屋が奉公人を斡旋しておるようです」

「喜一の女房はお栄であったな。お栄の動きはどうだ」

「お栄は喜一が湯屋へ出かけた間に家事をすませ、たいてい四ツ（午前十時頃）ごろ髪結の仕事で根津門前町へ出かけます。お栄の顧客は、門前町の女郎や芸者衆、廓《くるわ》の女将ばかりで、お栄は《海へび》とのかかわりは無縁かと思われます」

龍平は答えた。

「ふむ。女房は亭主の裏の顔を知らんのか」

「気の毒だが、仕方ありません」

萬七蔵が言った。

「それから、今朝、湯屋の竹井で喜一と親しげに言葉を交わしている男がおりました。昔の友達に偶然会った、そんな近しい間柄に見えました。日に焼けた大柄な男です。後をつけたかったのですが、喜一から目を離すことになるので諦めました。今後、弟分役を同じ店に住まわせて、二人で喜一を見はるようにするつもりです」

「いいだろう。くれぐれも悟《さと》られんようにな」

先月末の夕刻、日暮龍平は奉行用部屋へ突然呼ばれた。

用部屋には裃の奉行のほかに、継裃の詮議役与力・柚木常朝、定服《じようふく》の萬七蔵、それに今ひとり、年番方の筆頭与力・福澤兼弘がいた。

そこで平同心の龍平に命ぜられた役目は、谷中宮永町裏、与五郎店に居住する元経師屋職人・喜一を隠密に見張れ、というものだった。

家主の与五郎にはすでに話がついており、与五郎の親戚筋として同じ裏店に住まい、近隣住民の誼《よしみ》を通じて喜一の行動を探るのだ。

「逐一《ちくいち》、報告を萬に入れよ」

と奉行は命じた。

元経師屋職人・喜一は、五年前、腕を磨くために女房のお栄を与五郎店へ残し京へ上ったが、二年後、京の修業先からぷっつりと姿を消し、以来、消息が不明になっていた。

喜一が姿をくらましたのは、気晴らしに始めた賭博が原因だった。

博打に入れこんで大きな借金を作ってかえせなくなり、性質《たち》の悪い金貸しに追われ、それがために修業先から姿をくらまさざるを得なくなったという。

無宿渡世に身を持ち崩し、大坂の盛り場で物乞い同然にまで落ちぶれ果てていたらしい。

そんな喜一を拾い仲間に入れたのが、海へびの摩吉だった。

上方や西国の巷を震えあがらせていた海へびの摩吉の噂は、喜一も聞いたことはあった。落ちぶれ果て、生きる望みを失っていた喜一は、誘われるまま《海へび》の一味に加わった。

喜一は摩吉の手下になり、強盗団とともに放浪の旅を続け、二年以上がたった。

そうしてこの秋、一味とともに江戸に戻ってきた。

《海へび》の一味に江戸の元経師屋がいて、そいつが今、江戸の女房のもとへ戻っているという差し口が奉行所にもたらされたのは、前月の下旬だった。

差し口をした者は、以前、《海へび》の一味だったが、摩吉とそりが合わなくなり、それがために摩吉に殺されかかり、江戸へ逃げてきた無宿人の博打うちだった。

元経師屋は、喜一とかいう男で、そいつが谷中で女房と暮らしているらしいと耳にして、あいつは海へびの摩吉の手下ですぜ、一味が江戸に下った噂は本物に違いねえと、その博打うちが萬七蔵の手先の下っ引きに金で売った差し口だった。

奉行が、柚木常朝、萬七蔵、福澤兼弘を集め、方策をはかった。

その差し口の信憑性《しんぴょう》はなんとも言えない。

だが喜一という男を探ってみる値打ちはある。

誰にやらせるか、人選が難航した。

廻り方、経験者、腕のたつ者、など、同心や廻り方の手先を務める気の利《き》いた者の候補があがった中で、年番方の福澤兼弘が、

「ひぐれ……龍平にやらせてみては、どうですかな」

と、平同心の名前を出した。

「ひぐれ？　聞いたことのある名だな」と奉行が訊きかえした。

「谷中の大工殺しの、お宮という女と娘のお千代の、あの一件でなかなかの働きをした男ですよ」

「ああ、元旗本の、その日暮らしの龍平と綽名がついておる平同心だな」

と奉行が思い出して頷いた。

「毎日雑務をすいすいとこなしておる姿が肩の力が抜けていいんですな。雑務とはいえ仕事ぶりは几帳面《きちょうめん》で丁寧《ていねい》です。あの男なら使えるでしょう」

「しかし、この役目は日ごろの雑務程度の仕事とは比較にならんぞ。なんとして

も海へび一味の手がかりをつかまねばならんし、危険でもある。あの優男《やさおとこ》に務まるのか。だいいち、腕はたつのか」

「小野派一刀流と聞いております」

するると、萬七蔵が福澤に言った。

「日暮達広さんところへ婿《むこ》入りした旗本の三男坊ですな。なるほど。やらせてみても面白いかもしれません。顔があまり知られていないのも好都合だし。確かに、見た目はちょっとひ弱そうですが、あの男、何しろお麻奈ちゃんの亭主ですからな」

萬七蔵の妙な言い方に、奉行がじろりと一瞥《いちべつ》をくれた。

「お麻奈？　お麻奈という者がひぐれの内儀《ないぎ》なのか」

「はあ。お麻奈は日暮達広さんのひとり娘で、亀島小町と町内で評判の美人でした。女の身で私塾へ通うほどの学問好きで、しかも背が高いものですから、日暮家の亀島小町は、身分が低いのに頭《ず》が高い、などと陰でからかわれておりましたな」

奉行は表情を変えなかったが、福澤と柚木が小さく噴いた。

「その内儀と、この役目をひぐれにやらせることに、なんの関係がある」

「お麻奈は同じ亀島町ですから、子供のころからよく知っております。あれは頭のきれるできる女です。ひぐれという男、あのお麻奈の眼鏡《めがね》にかなったのだから、やれますよ。やらせてみましょう」

萬七蔵は真顔で、本気とも冗談ともつかぬ理屈を言った。

奉行と、福澤、柚木の三人が呆《あき》れて顔を見合わせた。

「しかしなあ。たとえば、人相書きの回ってきた熊野の権兵衛は猛牛を素手《すで》で叩き殺すと言うではないか。そんな怪物みたいなのが現れたら、どうする」

「どうするもこうするも、そうなれば町方役人として死力をつくして闘うまでですよ。だいいち、人は猛牛とは違いますからな」

すると福澤が言った。

「ひぐれが勤めにあがって八年になります。八年も同じ奉行所勤めをしておりますと、それなりに人物はわかるもんです。どうも、ひぐれは旗本の三男坊というので周りが嫌がらせに雑務を押しつけて、力をふるう役目が与えられていない節があります」

「旗本は嫌がらせを受けるのか。わしも旗本だぞ」

「あ、さようでしたな。これは失礼いたしました」

福澤は平然と言った。

「福澤さんと萬が推すのであれば、日暮龍平がいいのではありませんか」

柚木が奉行に進言した。

ふうん、と奉行が大きな息を吐《つ》いた。

「わかった。では日暮龍平にやらせよう」

という経緯で回ってきた、龍平が同心になって以来の難しい役目だった。

むろん龍平は、役目を命じられるにあたって、奉行と萬七蔵たちの間でそのようなやりとりが交わされたことは、知る由《よし》もない。

六

夜四ツ（午後十時頃）、雲が月明かりを隠して闇が覆った与五郎店の路地を、道ゆきかぶりの夕助が、暗い路地のどぶ板をよけて足音を忍ばせていた。

どの家も板戸がたてられ、路地先は暗い。

井戸端先の二軒家の一軒が、夕助の侘《わ》び住まいである。

夕助の住まいの斜め向かいにある一軒だけが、腰高障子を透して家の中の鈍い光をこぼしていた。

夕助は、ゆっくりとその光へ近づいていった。

手には竹皮に包んだ両国餅《もち》を土産にさげている。

夕助は光のあたらない暗がりに佇み、家の中へ聞き耳をたてた。

喜一のくぐもった声が聞こえてきた。

「だから……二、三日の……はいらねえ……」

意味はわからないが、喜一の口ぶりはお栄をなだめている。

お栄が忍び泣いていた。

「……おれもそろそろ仕事に……お客さんが声を……くれた……このま……」

低い呟《つぶや》き声が虫の羽音のようだった。

ずっと泣き声ばかりだったお栄が言った。

「いやだ。あたしもいく。あたしも連れてって」

「仕事だって言ってるだろう。聞きわけのねえ。たった二、三日じゃ……」

喜一がわずかに強い口調で言い、すぐに声を押し殺した。

お栄の忍び泣きに、きりきりと刺すような悲哀の呻《うめ》きがまじった。

お栄の不安と悲しみが、聞き耳をたてている夕助にも伝わった。

《仕事？　たった二、三日、どこか旅へ出るのか？》

夕助は、今朝、竹井の二階座敷で喜一と言葉を交わしていた頰骨が高く色の浅黒い大柄な男を思い出した。

もしやあの男、やはりつけるべきだったか。

そのとき、野良犬が餅の包みを狙って周りを嗅《か》ぎ、鼻息を鳴らした。

夕助が包みを持ちあげ、手で犬を追うと、犬は小さく吠《ほ》えた。

「くそっ」

「誰でえ」

家の中から喜一の声がとがめた。

「へい。夕助でやす。明かりが見えやしたので、声をかけようかどうしようか迷っておりやして」

足音がして、障子が一尺（約三〇センチ）ばかり開けられた。

夕助より二寸（約六センチ）ほど小柄な喜一が、障子の隙間《すきま》から睨みあげた。

「何か用かい」

「夜分、すいやせん。米沢町へちょいと人に会いに出かけやしたので、土産というほどのものじゃありやせんが、両国餅を買ってきやした。どうぞ、姉《あね》さんと召しあがってくだせえ」

喜一は夕助が差し出した包みを、受けとりかねていた。

「いえね。今朝、竹井で兄《あに》さんに仕事のことをいきなり頼んだりして、いくらなんでもずうずうしかったかなと、面目《めんぼく》なくって、ほんのお詫《わ》びのしるしでやす。どうぞ、お気になさらずに」

喜一はまた夕助を睨みあげた。

それから手をのばして包みを取り、素っ気なく言った。

「そうかい。すまねえな」

「いえ……」

と言いかけた目の前で、腰高障子が、ばたん、と閉じられた。

喜一は竹井から与五郎店には戻らず、喜連川《きつれがわ》藩邸の土塀沿いのなだらかな道をくだって不忍池の石垣堤へ出た。

朝から冬の低い雲が垂れこめ、風はないものの、重苦しい冷気が池と堤の一帯におりていた。

堤の汀《みぎわ》を枯れ葦《あし》が覆い、水面は薄墨色に沈んでいる。

喜一はとぼとぼとした歩みを止め、柳の木の下に佇んだ。

長着へ羽織った布子《ぬのこ》の半纏《はんてん》の袖に両手を入れて腕を組んだ。

お栄の忍び泣きが、頭から離れなかった。

お栄の悲しみの深さがわかるだけに、お栄が可哀想でならなかった。

いっそお栄にすべてを打ち明けて、手に手をとって逃げようか。

だめだ。海へびの摩吉の手から逃げるなんて、できっこねえ。

お栄へのせつない思い、申しわけない思いが、ただ空回りしていた。

自分の愚かさに、ほとほと嫌気が差した。

「兄《あに》さぁん」

新土手をすぎたあたりの茅町《かやちょう》の堤端で、夕助が喜一に手をふっていた。

またあいつか――喜一は煩《わずら》わしさに辟易《へきえき》した。

今朝も竹井の浴槽で会い、夕べの詫びごとをぐだぐだと述べ、ひとりになりたい喜一の思いをかき乱した。

夕助は若い男を連れていた。

出合茶屋や料理屋が軒を並べる仲《なか》町の新土手から上野のお山、仁王門前町や下谷広小路の方へかけては人の往来も多いが、池の西北側は武家屋敷が多く、閑静で人通りもまばらだった。

石垣堤を小走りにかけてきた夕助が息をはずませ、暢気《のんき》な笑顔を浮かべた。

「やあ、兄さん。先ほどは」

夕助は昔からの古い知り合いのような馴れなれしさである。

「この男がさっき竹井で話した、甲吉《こうきち》でやす。この野郎も今仕事にあぶれて、しょうがねえからあっしがちょいと面倒を見ないといけなくなりやしてね。しばらく家へ居候させやすんで、よろしくお願いしやす。甲吉、こちらが喜一の兄さんだ。大経師の職人さんんだ。ご挨拶しろ」

「恐れいりやす。あっしは甲吉と申しやす……」

月代を剃ったばかりのほんの小僧が、意気がった挨拶をした。

喜一は今朝、竹井の浴槽で会った夕助の話など、聞いてはいなかった。

お栄のことで頭がいっぱいだったから、生返事を繰りかえしていただけだ。

喜一は甲吉にすげない会釈を送った。

「兄さん、これからどちらへ。昼飯はまだなんじゃありやせんか。よかったらあっしらとご一緒にどうでやすか。こいつの引っ越し祝いに、今日はあっしがおごらせていただきやすぜ」

「ちょいと気がふさいで、気散じしてただけさ。昼飯は家で食う」

「いいじゃありやせんか。姉さんは仕事にお出かけでござんしょう。昼間っから、ぱあっと、賑《にぎ》やかにやりやりやせんか」

「今はそんな気分じゃねえんだ」

「あれえ、兄さん、何かあったんでやすか。そう言やあ、顔色がすぐれやせんねえ。兄さんらしく、元気出してくだせえよ」

兄さんらしくだと？

この野郎、おれの何を知ってるって言うんだ。

喜一がいきかけたとき、魚がぽちゃりと、ひとつはねた。

水音につまずいた。

足を止めて夕助に思わず言った。

「夕助さん、ちょいと旅に出ることになりやしてね」

言ってから後悔した。

「え、旅に？　どちらまで」

「北の方さ。すぐ戻ってくるかもしれねえが、しばらくかかるかもしれねえ。女房が寂しがりやしてね」

「そりゃそうでしょう。兄さんと姉さんは、人も羨《うらや》むおしどり夫婦だもの」

喜一は水面から夕助に視線を回した。

甲吉が夕助の後ろで、きょとんとしている。

「夕助さん、おれのいない間、女房に声をかけてやってくれるかい。女房がふさいでいたら、どっか連れ出してやってくれねえか。外へ出て、夕助さんとああだこうだ言いながら、旨い物でも食えば少しは気がまぎれるだろうし……」

「そんなことなら喜んで。で、いつごろ旅に？」

「明後日《あさって》だ。もう日がねえ」

「十五日でやすか。姉さん、寂しいでやしょうねえ」

喜一は、夕助のあっけらかんとしたのどかさが、お栄の気を少しは軽くしてくれるかもしれないと思った。

こんな軽くて調子のいい男が、おれみたいな根っからのでき損ないより気楽でいいし、怪我がなくてすむんだ。

喜一は胸の痛みをこらえて、葉を散らしたくすんだ木々が覆う上野のお山の冬寂《さ》びた光景を、呆然《ぼうぜん》と見つめたのだった。

七

師走の十五日は、夜明け前から筑波颪《つくばおろし》が吹き荒れ、明るくなるころには、江戸の町は深い雪景色に包まれた。

喜一が湯に出かけると、お栄はいつもの朝のように家事をすませ、降りしきる雪の中を髪結の仕事で根津門前町へ向かった。

昼ごろ雪が止んで、子供らが曇り空の下で雪遊びに興じた。

喜一は湯屋から帰り、手早く旅支度をして路地へ出た。

隣のおしんさんに、四、五日仕事で留守にしやす、と言い残した。

「そうかい、お栄さんは留守番かい」

「へい。よろしく」

向かいの夕助に声をかけた。

「じゃあな。お栄のことを頼んだぜ」

「ご無事で」

と夕助は珍しく生真面目に、こくりと頷いた。

甲吉が板敷から喜一へ弱々しい会釈を送ってきた。

お栄には、旅に出るのは十六日と言っておいた。

お栄がいたら、愁嘆場《しゅうたんば》になっただろう。

真新しい雪を踏んで不忍池の堤をぐるっと回り、池之端から明神下、昌平橋を渡って、そこから日本橋の大通りを南へとった。

日本橋の大通りも、この雪でさすがに人の姿は少なかった。

芝口の口入れ屋《澤田屋》へは八ツ前についた。

主人の寺左衛門が喜一をひと睨みし、ぞんざいな口調で言った。

「裏へ回っとくれ」

裏木戸から庭へ入ると、白壁の土蔵がある。

喜一がこの土蔵に入るのは初めてだった。

江戸へ入って以来、海へびの摩吉はこの土蔵に身を隠し、狙いを定めた店を襲う計画を練り、準備を進めていた。

澤田屋の寺左衛門は、《海へび》が江戸で仕事をするときに狙う店を物色し、その店が蓄えている財産や使用人の数を調べ、襲撃の手引きをさせるために、海へびの摩吉が十年前から、江戸へ送りこんでいた腹心だった。

土蔵の奥に、間仕きりした明かりとりの窓もない小広い座敷があり、桐《きり》の長火鉢を前に、丹前を肩へ羽織った摩吉が座り、両側に江戸中へ散って潜伏していた子分らが居並んでいた。

摩吉の隣に座る雲水《うんすい》姿の熊野の権兵衛の巨漢は、会うたびに背筋が凍る。片手で人の首を圧《へ》し折る獰猛《どうもう》非情な化物だった。

子供のように小さな女房の、蟋蟀《こおろぎ》のお仙の姿は見えない。

ほどなく、寺左衛門が澤田屋の手代を二人従えて座敷に現れた。

「よし。お軽《かる》とお仙は高須の下女に潜りこませているから、これで全部だ。いいだろう。手はずを言う。狙う店は古着を商っている尾張町の高須だ。おめえらも一度は下見をして、どんな店かわかってるだろう。寺左衛門の調べで、財産はざっと三万両は超えるだろう。座敷蔵に千両箱が積んである。ごっそり、全部頂戴《ちょうだい》する。おれたち全員が一生遊んで暮らせる額だ。一世一代の大仕事、しくじるんじゃねえぞ」

へい——全員が低い声をいっせいに揃えた。

喜一は武者ぶるいした。

これまでの襲撃で三千両を超える額は初めてだ。

高須へ潜りこんでいるお軽とお仙を入れても総勢十三人。

三万両を運び出すだけでも相当の手間がかかる。

摩吉は一団を、摩吉が率いて表から押し入る組と、熊野の権兵衛が率いて裏から押し入る組の二つにわけた。

表は摩吉の女房のお軽が手引きし、裏は権兵衛の女房・お仙が手引きする。

今夕、六ツより尾張町の蕎麦屋・安寿の二階座敷で小さな句会が開かれる。

主催は澤田屋の主人・寺左衛門である。

句会を楽しんでいるうちに夜が更ける。

安寿の店仕舞いは宵五ツ（午後八時頃）。

だが句会は夜四ツまで続く。

四ツ、安寿の店の者を縛りあげ、身動きできないようにしてから全員黒装束に拵《こしら》え、子《ね》の刻（午前零《れい》時頃）まで待つ。

高須では今日十五日、町内で一番早い餅搗《もちつ》きが行なわれ、今夜は年忘れの宴が催《もよお》されることになっている。

襲撃は、年忘れの宴会が終わって店の者も酒を呑んで寝静まる子の刻限、火の番が町内をひと回りした直後から始め、次の見回りがくる一刻の間に引きあげる。

仕入れの古着を運ぶ荷車が店にあることは、調べがついている。

千両箱はそれに積んで三十間堀《さんじっけんぼり》へ運ぶ。

木挽《こびき》橋近くで待つ二艘《にそう》の荷足《にた》り船に千両箱を積み換え、三十間堀から京橋川、南八丁堀、鉄砲洲を出て、深川洲崎沖に夜明け前まで停泊している木更津戻りの五大力船《ごだいりきせん》へ千両箱とともに乗り移る。

木更津からは……

「いいか、今度の仕事は十年かけて手はずを整えた。狙う金も半端じゃねえ。のるかそるかだ。この勝負、絶対勝つ」

摩吉は顔を見る見る紅潮させた。

「おれと権兵衛の指図に従って動けば必ずうまくいく。走るな。進退は音をたてず、静かに歩け。走るときはおれが指図する。店の者で少しでも騒ぐやつは即座に息の根を止めろ。呻き声もたてさせるな」

それから寺左衛門と手代がひとりひとりに薬らしき小さな紙包みを配った。

「配ったのは猫いらずだ。万が一のとき……」

と摩吉は一同を蛇のような目で見据えた。

「てめえのことだけを考えて、それぞれがきり抜けろ。きり抜けられねえとなったら、どうせ獄門になるてめえの命、最後にこいつを呑んで、てめえらで始末をつけろ。それがおれたちの、一寸先は生か死かどっちかしかねえ掟《おきて》だ。この掟を破ったやつは、たとえ地獄へ逃げようとも、おれが必ず追いかけて八つ裂きにするからそう思え」

のるかそるかという言葉に、喜一は戦《おのの》いた。

摩吉以外、誰ひとり声をあげる者はいなかった。

澤田屋を出たとき、止んでいた雪が再びふわふわと夕空に舞い始めていた。

八

同じ夕刻、北町奉行所の玄関前にも雪が舞った。

真っ白に雪化粧をほどこした江戸の町に、夕闇が迫っていた。

表門前の腰かけ茶屋も、葦簾《よしず》を畳み、板戸をたてて店仕舞いである。

奉行所奥の与力番所、同心詰所には捕物出役の仕度を調《ととの》えた番方与力や与力に従う平同心、さらに同心とともに捕縛にあたる小者、また与力同心の使う手先らが、出動の下知《げち》を待っている。

小者手先らは、熊手《くまで》、袖搦《そでがら》み、突棒《つくぼう》、刺股《さすまた》、桶《おけ》のたが、大八車《だいはちぐるま》に梯子《はしご》、戸板、大十手、縄を装備し、与力は火事羽織、陣笠野袴に槍《やり》をしごき、同心は鎖帷子に黒ずくめの半纏股引《ももひき》に足袋《たび》で拵え、頭に鉄板入りの鉢巻を締めている。

与力番所も同心詰所も、とき折り誰かがたてるしわぶき以外は、男たちの緊張と興奮が熱く交錯していた。

相手は上方西国を震撼させたあの《海へび》である。

獣のような闘争心が男たちを駆りたてていた。

南北両奉行所とも当番方の与力同心総動員で《海へび》捕縛へ出動する手はずになっている。

龍平もその中のひとりである。

夕助という名で与五郎店の喜一に近づき、《海へび》の押しこみが師走十五日にほぼ間違いなしという情報をつかんだのは龍平である。

また喜一と七軒町の湯屋竹井で接触をはかった仲間らしき男の顔を見ているのも龍平である。

龍平は自ら、捕物出役に向かうことを奉行に願い出ていた。

龍平は表門右脇番所に正座し、目を閉じ、腕を組んで知らせを待っていた。

知らせを運んでくるのは、夕助の弟分・甲吉こと寛一である。

寛一は喜一の後をつけ、《海へび》の一味が集結する場所、でき得れば、《海へび》の狙っている店をつかんで、それを奉行所に知らせる役目である。

その知らせを受けて、奉行が出役を命ずる。

龍平は寛一を待っていた。

夕刻、再び舞い始めた雪は、暮れなずむに従い、強く降り始め、龍平の吐く白い息も凍りそうだった。

下番が奉行所内のそれぞれの部屋に明かりを灯し、龍平がひとり座っている番所の角行燈にも灯を入れた。

ごとん、と表門右の通用門が動き、戸が開いた。

龍平は目を開けた。

雪をかぶった菅笠に紙合羽の男が門内に頭をのぞかせ、若い声を響かせた。

「当御番所、日暮龍平さまの手の者でございやす。お知らせがあってまいりやした。日暮さまにお取次をお願いいたしやす」

「寛一、ここだ」

龍平は番所の落縁《おちえん》へおりた。

龍平の前にひざまずいた寛一は、頬も手も寒さで真っ赤だった。

「旦那。海へびの動きが読めやした。芝口澤田屋から尾張町の蕎麦屋・安寿の二階へ集まっておりやす。男が総勢十一人。中に喜一、それから巨漢の熊野の権兵衛らしき男、澤田屋主人・寺左衛門らの姿がありやす。ただ、誰が頭目の海へびの摩吉か、それはつかめておりやせん」

「ふむ。襲う店《たな》はわかるか」

「同じ尾張町大通り筋向かいの古着屋・高須と思われやす。宵のころ、高須に雇われている下女が安寿に蕎麦を何人分か買いにまいりやした。ちょうどそのとき、萬七蔵の旦那が安寿の客になっておりやして、女が蟋蟀のお仙だと気づかれやした。お仙が高須にもぐりこんでおりやす。襲う店は高須に間違いありやせん。高須は今日餅搗きで、夜は店中の者が揃って年忘れの宴でやす」

「萬さんは、どうしている」

「へい。萬の旦那は手の者らと安寿を見張っておられやす。うちの宮三親分も萬の旦那と一緒に見張りについておりやす」

「よくわかった。ご苦労だった。寛一、おまえはおれに従え。すぐ出発になる。

詰所で待て」

「へい」

北町から数寄屋橋《すきやばし》の南町へすぐ連絡が走った。

ほどなく、北町奉行所内の廊下を男たちの足音がど、ど、どろどろと鳴り響いた。

奉行所奥内座之間《うちざのま》で、捕物出役の祝儀が行なわれる。

「出役の祝儀として一盃をまいらす……」

勝魚節《かつおぶし》、きりするめ、結昆布を前に奉行・永田備前守が述べ、与力へ盃を与え、盃は同心へと回される。

祝儀が終わるとただちに席をたち、奉行は表玄関まで見送る。

玄関前には小者手先が揃っており、表門が八の字に開かれると、外にも同心雇いの岡っ引きや手先らが控えていて、門を出た一隊の後ろへ従った。

龍平のすぐ後ろで、菅笠を目深に雪を避けつつ寛一が従っている。

龍平は寛一へふり向き、「うむ」と頷いた。

一隊は濠端をまっすぐ南にとり、南町の捕方《とりかた》の一隊と示しておいた数寄屋河岸で合流する。

雪がだいぶ深くなっていた。

そこへ萬七蔵の指示で、宮三が安寿の状況を捕方へ伝えに現れた。

「店の灯りは消えやしたが、一味はまだ安寿にひそんでおりやす。高須襲撃は安寿から出発すると思われやす」

宮三の知らせをもとに、両奉行所の与力同心が集まり、一味が高須に押し入った直後に表裏から同時に踏みこみ、一味を一網打尽にする手はずを決めた。

「親分、ご苦労だった」

「旦那、あっしもおともしやす」

「うむ。寛一と二人でおれの後ろを頼む」

「合点だ」

数寄屋河岸から尾張町の古着屋・高須まではすぐである。

提灯の灯を消し、全員が高須の表と裏手の小路へ静かに展開した。

表は月番の南町隊、裏が明番の北町の隊が務める。

南北総勢六十人を超える捕方が、高須を囲んで、路地奥、軒下、物陰にそれぞれ息を潜めた。

降りしきる雪と凍てつく寒気が、捕方へ容赦なく襲いかかった。

芝切り通しの時の鐘がだいぶ前に四ツを知らせていた。

長い時間がたったとき、尾張町の火の番が、ちゃん、こん、ちゃん、こん……

と鉄杖《てつじょう》を雪道に鳴らしながら見回り始めた。

九

ちゃん、こん、ちゃん、こん……

喜一は、安寿二階の灯りを消した座敷で、火の番の鉄杖の音が消えていくのを、じっと聞いていた。

海へびの摩吉は座敷の壁に凭《もた》れ、腕を組み、目を閉じている。

「刻限だ。いくぜ」

摩吉の嗄れ声が低く響き、かっと見開いた目が暗がりの中で青く光った。

喜一の胸の鼓動が激しくなった。

摩吉に続いて、みなが立ちあがった。

すでに草鞋《わらじ》を履き、黒の頰かむり黒装束の裾端折り、背に斜めに背負った自分の荷物、金剛杖《こんごう》をさげた雲水姿の権兵衛以外は、腰に長どすである。

摩吉、権兵衛、寺左衛門……の順に階下へおり、安寿の潜戸から出る。

雪の降りしきる通りに人影は途絶えていた。

見あげた漆黒の空に、白い小さな生き物が舞っているかのようだった。

摩吉が先頭を進み、十一の黒い一団が軒下を黙々と歩む。

途中から白い通りを斜めに横ぎった。

横ぎった先が高須の軒庇《のきひさし》だった。

摩吉が目配せを送った。

権兵衛を先頭に、裏の組が軒下を横丁の小路へ折れていく。

表からは摩吉と寺左衛門、二人の手代、そして喜一の五人が押し入る。

摩吉が背を板戸へつけ、手の甲で軽く叩いた。

中から、ことり、と音がした。

潜戸が開いて、暗闇でも女とわかる白い手が手招いた。

五人は寝静まった店へ静かに素早く忍びこんだ。

喜一は最後に前土間へ入り、人影のない通りを確かめ戸を閉めた。

店の間と前土間には、古着をつめた箱が天井まで積みあげられ、吊りさげた色とりどりの着物が旗指物のような鮮やかさで喜一の目を奪った。

手燭《てしょく》を持ったお軽は古着をよけて、大店《おおだな》の奥へ導いていく。

表の店から土足のままあがり、奥への長い板廊下に足音を忍ばせた。

裏木戸から入り、裏庭の雨戸をはずして、使用人の部屋がある勝手側へ押し入った仲間の灯りが、暗い屋内にちらちらとゆらめいていた。

「合図を送れ」

摩吉が低く命じ、お軽が手燭を上下させた。

裏庭から入る勝手側に賄《まかな》い用の台所があり、台所の土間からあがった板廊下の続きの三部屋に、下男下女、小僧、手代ら十数人が寝ている。

権兵衛率いる裏の組は、住みこみの者ら全員をできるだけ騒がせず、主人夫婦の寝間に集める役割だった。

その間に摩吉の表組は、奥の主人夫婦、子供、隠居を叩き起こし、これも主人夫婦の寝間に集め、主人には座敷蔵の鍵を開けさせる。

少しでも騒げば、女子供容赦なくぶった斬る。

「ここだよ……子供も一緒に寝ている。あっちが隠居の寝間さ」

板廊下の奥の腰障子の前で、お軽がささやき声で言った。

摩吉が脇差《わきざし》をさらりと抜き、四人もそれに従った。

二人の手代は隠居の寝間へいき、摩吉、お軽、寺左衛門、喜一が主人夫婦の寝間の障子を、そっと両開きに開けた。

お軽の手燭の灯りが、二組の綿の布団にくるまった主人夫婦と二人の子供らを照らした。

「はあっ」

主人の高須京四郎《きょうしろう》と女房が、はね起きた。

「声をたてるな。ひと言でも喋《しゃべ》ったら殺す」

摩吉の嗄れ声が低く響いた。

摩吉の声と三人の突きつけた白刃が、夫婦の悲鳴を凍りつかせた。

女房は慌てて眠っている子供らを両腕に抱きかかえ、口を掌《てのひら》で覆った。

「亭主、蔵を開けろ。思案している暇はねえ。思案している暇に全員があの世へいくぞ。わかってるな」

亭主はぶるぶるとふるえながら、首を縦《たて》に大きくふった。

摩吉が脇差を亭主の喉首《のどくび》へ滑らせ、後ろ襟をつかんで立たせた。

亭主が顔をしかめ、ちぃ、と声を絞った。

その首筋に細い血が伝わった。

「痛いか。逆らうとこれがざっくりと、食いこむ」

亭主は刃をさけて首をそらせ、今度は小さく、繰りかえし頷いた。

そのとき、勝手側の使用人の部屋の方から、短い悲鳴や床を踏み鳴らす音が聞こえたが、すぐにそれは屋内の静寂の中に消えた。

女のすすり泣きがひとつ、か細く流れ、それもふっとかき消えた。

家の中は前にもまして、静かになったかに思えた。

「いけ」

いきかけた摩吉に寺左衛門が、ささやき声で言った。

「かしら、灯りだ」

摩吉がふり向いた。

「外に、あ、灯りだ」

寺左衛門が呻いた。

喜一の背中に戦慄《せんりつ》が走った。

廊下の板戸の隙間に、庭で動く灯が左右にかすめていたからだ。

すると、店の前土間の方から夥《おびただ》しい提灯の灯りが、折り重なり、黒光りする廊下を真昼のように照らした。

そのとき、表の通りからも裏からも、そして庭の中からも、悲鳴のような呼子《よびこ》の音が雪の夜空に湧きあがったのだった。

十

夜空へ鋭く激しく鳴り響く呼子に呼応して、四方より次々と新たな呼子の音があがり、降りしきる雪の静寂を破った。

「南町奉行所だ。建物は囲んだ。全員、神妙に縛《ばく》につけえっ」

表の南町の一隊から、ひと声轟《とどろ》いた。

同時に裏手を押さえる北町奉行所の捕方からも声が飛んだ。

「北町奉行所だ、神妙にせよっ」

それを合図に、龍平ら平同心を先頭に、提灯得物を手にした小者、岡っ引、その手先らが広い庭へ展開した位置から、雨戸を蹴破って屋内に躍りあがった。

わあぁ……

喚声《かんせい》と地響きが家の中に轟いた。

表側からは南町の捕方が乱入し、屋内に交錯し激しくゆれる南北ご用提灯の灯が長どすを握った黒装束の影を照らした。

その中を賊が、白刃をかざして北町の捕方へ襲いかかってきた。

悲鳴があがり、罵声《ばせい》が飛び、床が激しくふるえ、打ち合う得物が火花を散らした。

最初に十手と長どすを交錯させた同心と賊が、ためらいもなく衝突した。

組み合って庭へ転げ落ち、雪の中を転がる。

それっ、と手先らが折り重なるように二人に群がり、賊を押さえつける。

屋内を走る龍平は、襲いかかってきた賊の攻撃を十手で受けとめ、男の喉首をつかみ、足を払って投げ飛ばしていた。

賊は障子を破って賄いの板敷へ転がった。

どすを握った腕を踏み、十手を顔面に見舞う。

叫ぶ賊に、宮三と寛一が組みつく。

どりゃあっ。

雄叫《おたけ》びをあげ、背後から襖を蹴り倒した黒い一団が、龍平らの方へどっと突進してきた。

その黒い一団へ龍平の左手から南町の捕方が襲いかかり、右手からは北の一隊が熊手、袖搦み、突棒で打ちかかる。

たちまち賊は打ち倒され、喚き、転び、庭へ引きずり出されていく。

真正面の賊が、龍平にどすをふりおろしぶつかってきた。

かわした龍平は十手を賊の横顔へ浴びせると、頬かむりが飛んだ。

湯屋の竹井の二階座敷で喜一と話していた男だ。

そのとき、ぶうんと一撃が耳もとで唸《うな》った。

一撃は龍平のすぐ側の土壁を粉砕した。

同時に北の同心と手先二人が、ひとりは庭まで吹き飛び、二人が賄いの土間へ転がり落ちるのが見えた。

巨漢のふり回す二撃目が、龍平のかわした身体をかすめ、食器を仕舞った茶箪《ちゃだん》笥《す》を破壊した。

南の同心が巨漢に大十手を打ちこんだ。

だが、肩に一撃を受けても平気な巨漢は逆襲し、金剛杖を浴びた同心は絶望的な悲鳴を発した。

熊野の権兵衛が、墨染めの衣の袖をひらひらさせていた。

権兵衛が傍らで匕首《あいくち》を握った小さな女に喚いた。

「お仙、おれから離れなや」

「地獄の果てまで、あんたと一緒や」

女が叫んだ。

「即身成仏《そくしんじょうぶつ》鎮護国家《ちんごこっか》……」

権兵衛が唱え、金剛杖を右にふるい左へ浴びせながら、悠然と表へ向かう。

怯《おび》えた南の捕方が左右に逃げた。

見あげる巨漢の権兵衛とお仙は、表通りの雪の中へ難なく立っていた。

捕方が二人の周囲をぐるりととり巻いた。

権兵衛は、父親が幼い童女の手を引くように、お仙の手を引き、ゆっくり雪の通りを歩いてゆく。

囲みの前後から大八車が引き出された。

「かかれ」

囲みの後ろから与力が叫んだ。

権兵衛の巨漢めがけていっせいに大八車をがらがらとぶつけていく。

左右からは投げ縄、梯子、突棒などで押さえにかかる。

権兵衛はお仙をかばいながら、金剛杖をふり落とした。

一台の大八車の車軸を折って動けなくすると、それを持ちあげ、もう一台へ投げつけたから、大八車を押していた捕方は車もろとも潰された。

そして梯子、突棒、刺股、熊手、袖搦みの攻撃にびくともせず、杖をふりまわし、縄をぶちきり、梯子をへし折り、逃げまどう捕方を倒していく。

得物を打ち合った捕方は、肉を砕かれ、次々と叩き飛ばされた。

権兵衛とお仙の後ろに、負傷し、動けなくなった捕方が、雪道に呻きながら転がった。

こいつは化物だ。この人数では無理だ。

捕方の誰もが思い、二人を遠巻きにするだけで手が出せなくなっていた。

萬七蔵は、降りしきる雪の中をお仙の手を引いて近づいてくる権兵衛を見つめながら、黒の袷《あわせ》の裾を端折り、さげ緒で襷《たすき》をかけていた。

腰には胴田貫《どうたぬき》をざっくりと差している。

「よし」

七蔵が武者ぶるいをひとつしたそのとき、

「萬さん、ここはわたしが」

と、七蔵の横をひとりの同心がすうっと前へ進み出ていくのが見えた。

七蔵はその同心の背中を呆気《あっけ》にとられて見つめた。

「応援を呼べ、応援を」

与力の声が叫んでいた。

陣笠火事羽織の南町の与力が、槍を構え、権兵衛に立ち向かった。

だがその槍先は、恐怖でふるえている。

お仙の手を引き、権兵衛は金剛杖を雪道に打ち鳴らしつつ、与力へ迫っていく。

「即身成仏鎮護国家……」

恐怖に耐えきれなくなった与力が、後ろへ雪を散らしてさがった。

しかしそこで、権兵衛とお仙の歩みが止まった。

与力のさがった雪道の中に、鉢巻と黒半纏に大刀一本の同心がひとり、静かに立っていたからだ。

その穏やかな立ち姿がかえって異様だった。

権兵衛はお仙の手を離し、金剛杖を両手に持ち、頭上で大きく旋回させた。

降りしきる雪が、旋回にはじかれ雪片の煙をあげた。

「うおおお」

権兵衛が吠えた。
龍平が大刀を抜いた。
半歩踏み出した右膝を軽く折り、その右脇に大刀をゆらりと垂らした。
それがかまえなのかかまえに入る前なのか、周囲にはわからなかった。
権兵衛が金剛杖を勢いをつけてふりおろした。
杖は地をふるわせ、雪煙をまきあげた。
そんな一撃を食らえば、龍平はひとたまりもなかったろう。
「ひぐれ、あぶない。さがれ」
叫んだのは、北町の番方の若い与力だった。
だが龍平はぴくりともせず、その奇妙なかまえを変えなかった。
「うおおお」
権兵衛は吠え、また金剛杖を頭上にうならせ、今度は一歩踏み出して打ち落とした。
しかしその一撃も龍平には届かなかった。
龍平は動かない。
権兵衛は薄ら笑いを浮かべ、杖を槍のようにかまえた。

「ええ度胸しとんな。けど、これが最後や」

分厚い喉の奥から、呪文《じゅもん》のように言った。

「神妙にしろ」

龍平が静かに言った。

萬七蔵はその静かな声を聞きながら、龍平の見事な立ち姿に息を吞んでいた。

これほどのふる舞いのできる男なのか。

北町随一の腕前と言われる萬七蔵ですら、感動を覚えた。

瞬間、権兵衛は巨漢に似合わない鋭い踏みこみを見せた。

雪片を散らし、権兵衛の金剛杖がうなった。

杖が龍平の胸板を目がけ、貫く。

刹那、龍平の右膝が雪道に落ち、左足を踏みこんで大刀を夜空へ舞わせた。

かちいん。

鋼の音が雪をふるわせた。

龍平の髷すれすれの空虚へ泳いだ金剛杖の一尺先が、七蔵の頭上を飛び越え、表店の軒柱を、がつんと砕いた。

後ろの捕方や与力たちが、一斉に首をすくめた。

その一瞬の間だった。龍平は右足を踏み出し、二の太刀を上段から斬り落とし
ていた。
だが、すかさず権兵衛も体勢を立てなおした。先一尺をきり取られた金剛杖を
天へかざし、龍平の上段からの一撃を防いだ。
六尺七寸の巨漢が初めてのけぞった。
衝突するかに見えた二人の身体は、突然、ときが止まったかのように停止し
た。
二人は動かなかった。
降りしきる雪が二人を、純白の衣で包んだ。
「うおおお」
化物が天に向かって咆哮《ほうこう》した。
その途端、かざした杖が真っ二つになった。
権兵衛の巨体がゆらいだ。
「あんたあっ」
お仙が匕首を落とし、権兵衛へしがみついた。
しかし、頭蓋《ずがい》を二つにされた権兵衛は、血を噴き、お仙の小さな手の中からこ

ぼれ、雪の中へ倒れていった。

お仙は鮮血が権兵衛の周りの雪を赤く染めていくのを見て、ふるえた。

「おどれぇ、あても斬りさらさんかい」

お仙が悲鳴のように叫んだ。

刹那《せつな》、龍平の一閃《いっせん》がお仙の童女のような身体へ走った。

わあぁ、と捕方が喚声をあげた。

十一

雪は止んでいた。

呼子の音が、背後の遠い夜空の彼方《かなた》で、とき折り小さく聞こえた。

真っ白な汚れのない雪道を、喜一は必死に走っていた。

やわらかく積もった雪が喜一の足音を消し、途中の表障子を閉じた自身番の前を通りすぎることができた。

遠くで呼子が鳴っているけれど、凍てつく寒気の中で、暗い通りを見はっている町役人《ちょうやくにん》などいなかった。

それでも人の気配がすると身を隠しながら暗い町々を逃げ、回り道をし、昌平橋、明神下、池之端の仲町から不忍池の石垣堤まできた間に、空がわずかに白み始めていた。

薄暗い中にも、不忍池の汀《みぎわ》に雪が積もり、氷がはっているのが見えた。

喜一には、どれほど後悔してもしきれなかった。

てめえなんぞ、ここで飛びこんで死んじまえ。

これ以上、お栄を苦しめるな。

だがお栄目指して必死に走る喜一の心は、すでにお栄と一緒だった。

お栄のところへ帰りたい、お栄を抱き締めたいと願う儚い望みだけが、絶望の淵を逃げまどう喜一を突き動かしていた。

七軒町から宮永町へ折れる辻にある番所の前も通りすぎた。

与五郎店の住民はまだ寝静まっていた。

お栄の住まいの表は、雨戸が半分しか覆っていず、腰高障子戸を閉めてあるだけだった。

喜一は腰高障子をふるわせ、暗い土間に飛びこんだ。

「お栄、お栄」

喜一はお栄を呼んだ。

襖がぱっと開き、お栄の白い肌着姿がそこに現れた。

「あんた……」

喜一はお栄へ手を差し出し、よろりと踏み出した。

お栄は土間へ駆けおり、よろめいた喜一の冷たい身体を受けとめてくれた。

「あんた、あんたやっぱり、戻ってきてくれたのね」

お栄の温《ぬく》もりが、喜一の凍った身体を溶かした。

《ああ、なんて暖《あった》けえんだ》

「こんなに冷えて、どうしたの。暖めてあげる。きて……」

お栄は、喜一を六畳の寝間へ導いた。

「あたしはね、あんたが戻ってくる気がして、ならなかった。だから表の雨戸も開けておいたの。戻ったぜって、あんたがその障子を開けて帰ってくる気がして、ずっと寝ずに待ってた。神さまがあんたをかえしてくれたのね」

お栄の細い腕が、喜一の身体と心を締めつけた。

「すまない……」

喜一は、お栄のやわらかい身体の温もりを冥土《めいど》まで持ってゆくかのように、懸命に抱きかえした。

「ああ、嬉しい」

お栄の吐息と声が耳に染み透った。

「お栄、おれと一緒に、逃げてくれ」

「逃げるって、あんた、何をしたの」

「何も訊かねえで、おれと一緒に……」

言いかけたときだった。

「とんだ濡れ場を、見せつけるじゃねえか」

低い嗄れ声が土間の暗がりからわき起こった。

外が白み始め白くなった障子を背に、黒い影が立っていた。

「逃げるなら、おれも一緒だぜ」

「ええっ？」

喜一とお栄はその声にはじかれた。

影は土足のまま板敷にあがり、頭をかがめて部屋へ入ってきた。

海へびの摩吉だった。

喜一はふるえあがった。

お栄を背中にかばい、黒い鎌首《かまくび》をもたげた蛇を見あげた。

高い頬骨に、十手で打たれた跡が青黒い筋を残していた。

「か、かしら、なんの、なんの用なんでえ」

「なんの用だと？　しゃらくせえことぬかすな。おめえ、お栄だったな。食い物はあるか」

喜一の背中でお栄が小さく頷いた。

摩吉はふりかえり、台所の土間へおりた。

板敷にある飯櫃《めしびつ》の蓋《ふた》をとり、手で冷や飯をつかみ頬ばった。

飯を頬ばりながら水瓶《みずがめ》にはった薄氷を破《わ》って、水を柄杓《ひしゃく》で飲んだ。

白い鼻息を獣のように吐き出していた。

「お栄、おめえもくるんだ。仕度しろい」

「かしら、お栄は関係ねえ。お栄をまきこまねえでくれ」

「まぬけ。いやならてめえはさっさとくたばりやがれ。ぐずぐずしていると、てめえをぶった斬って、お栄を連れて二人で逃げるぜ」

再びあがってきた摩吉に、喜一は立ちはだかった。

「どけえっ」

摩吉の筋ばった腕が、喜一をはり飛ばした。

「あ、放して……」

声をあげて抗《あらが》うお栄を、摩吉は引きずった。

「やめてくれ」

喜一は長どすを抜いた。

「この野郎、刃向かうつもりかよ」

そのとき路地を踏む足音が響き、障子に人影が映った。

外で捕方が叫んだ。

「ご用だ。家はとり囲んだ。中の者、神妙に出てこい」

「ちいっ」

摩吉はお栄の腕をつかんだまま、長どすを抜いた。

左腕をお栄の背後から羽交《はがい》にまきつけ、土間へおりた。

摩吉の長い足が、腰高障子を蹴破った。

お栄を抱え、捕方がすでに囲んでいる路地へ出た。

「ご用だ、ご用だ……」

「木っ端役人めが。さがれさがれえ。さがらねえと女をかっきるぞ」

摩吉が凄《すご》み、長どすをお栄の首筋に押しつけた。

「やめてくれえ、かしら。お栄を放してくれえ」

喜一が後ろから出てきて、握った長どすをふるわせた。

「てめえは後ろを見はってろ。いくぞお」

摩吉はお栄を抱え引きずり、路地から宮永町の裏通りへ出た。

喉に刃を突きつけられたお栄は、顔をそむけていた。

お栄の肌着の裾が割れ、白い腿《もも》と裸足の足が雪道を痛々しく踏んでいた。

捕方は、道の両側へさがった。

夜明け前のただならぬ大捕物に、宮永町界隈《かいわい》の住民が起き出し、寒さにふるえながら通りの両側の捕方の後ろを遠巻きにした。

「無駄なことはよせ。もう逃げられん」

指揮をとる与力が槍を構えて言った。

「くるならきやがれ。この女を殺して、てめえらも地獄の道連れにしてやる」

「やめてくれえ。かしら、お栄を、かえせぇ」

喜一は摩吉の後に従いつつ、手が出せず、悲痛に呻くばかりだった。

白んだ空に、夥《おびただ》しい数の寒烏《かんがらす》が飛翔し、鳴き騒いでいた。

「どいつもこいつも、冥土《めいど》の先祖が拝《おが》みてえか、地獄の閻魔《えんま》に合いてえか。それともまず、この女の首が落ちるのを見てえってか」

摩吉は捕方や野次馬を見渡し、甲高い笑い声を引きつらせた。

「未練だぞ、海へびの摩吉」

龍平が摩吉とお栄の前に進み出ていた。

後ろに宮三と寛一が従っている。

摩吉は首をひねり、龍平をじっと睨み据えた。

「てめえ、見覚えがあるな」

「先だって、湯屋で見かけたな。忘れたか」

「なるほど、てめえはあのときの……」

後ろの喜一が気づき、恐る恐る問いかけた。

「ゆうすけ、おまえ夕助、なのか」

「兄さん、姉さんをこれ以上苦しめちゃあ、いけやせんねえ」

龍平は喜一に声をかけ、それから摩吉へ向いた。

「海へびの摩吉、おまえの頰の傷は夕べおれがつけたものだ。だが決着はまだついていない。昨夜の決着を今ここでつけようではないか」

龍平は、腰の大刀を払った。

「てめえ、犬が」

摩吉が龍平へ長どすを向けた。

「夕助、手を出すな。お栄はおれが守る。摩吉、お栄を放せ」

喜一が叫び、摩吉に突進した。

「うるせえっ」

摩吉のかえしたどすが喜一の肩を打った。

わあっ、と喜一は膝からくずれた。

肩をつかんだ手から、血が白い雪に滴《したた》った。

「あんた」

お栄が摩吉のどすを握った腕にとりすがった。

「お栄っ」

喜一は再び叫び、憤然と立ちあがった。

と同時に、摩吉へよろけるように凭れかかったかに見えた。

「あっ」

と摩吉は声を出したが、お栄が腕にとりすがったため、喜一の長どすを払えなかった。

摩吉の脾腹《ひばら》へ刺さった長どすが、ゆっくりと食いこんでいった。

摩吉の顔が歪み、呻いた。

摩吉はお栄の腕をふりほどいて喜一の肩へ再び袈裟《けさ》に落とした。

「食らえっ」

喜一はどすを摩吉の身体に残したままのけぞった。

摩吉はお栄に向きなおり、どすをふりあげ、

「おめえも、道連れだ」

と、ふり落とした。

がしり、と龍平は摩吉の長どすを、受け止めた。

「摩吉、これまでだ」

龍平が薙ぎ払うと、摩吉はどすを力なく垂らし、二、三歩、龍平から逃げるようによろめいた。

どすを杖につき、膝を折った。

それからゆっくりとうつ伏せになり、手足を小刻みに痙攣《けいれん》させた。

やがて、痙攣は収まり、摩吉はただの黒いかたまりになった。

野次馬のどよめきが、雪道に低く轟いた。

お栄は雪道にひざまずいて、血だらけの喜一を抱き起こしていた。

「あんた、あんた、起きて、あんた……」

しかし、喜一はお栄の腕の中で二度と目覚めることはなかった。

宮三と寛一が龍平の両側へ立っていた。

「旦那、終わりやしたね」

宮三が呟いた。

「そうだな」

いつしか寒鳥の群が消え、一羽のはぐれ鳥がしきりに鳴いて、凍てついた夜明けの空を飛んでいた。

結新生

一

　文化十三年の師走《しわす》も押しつまったある日、神田竪大工町の口入れ屋《梅宮》の主人・宮三が倅《せがれ》の寛一を従え、永富町と新石町の境の新道を歩いていた。

　天気のいいその昼下がり、二人は本町金座《きんざ》役宅裏のお得意さまの何軒かへ、年末の挨拶《あいさつ》回りにうかがうところだった。

　黒羽二重《くろはぶたえ》の羽織《はおり》にめかしこんだ宮三は、

「年末年始や五節供《ごせっく》の挨拶は、欠かしちゃならねえ」

と、渋《しぶ》る寛一の尻《しり》を叩《たた》いて贈答品の風呂敷包みを担《かつ》がせ、神田堀の乞食橋の方角へたらんたらんと草履を鳴らしていた。

寛一は父親の丸い背中を見つめながら、考えごとに耽《ふけ》っていた。

「お父っつぁん」

やがて寛一は、やっぱり気にかかるという口ぶりで、宮三のその年季の入った丸い背中へ声をかけた。

「与五郎店のお栄さんがさあ、年が明けたら江戸を引き払うそうだね。知ってたかい」

「知ってるよ。飯能《はんのう》の親戚へ身を寄せるそうだ。そこで喜一の子供を産《う》んで、育てるんだってよ」

「ふうん……」

寛一は、物思わしげに贈答品を包んだ風呂敷包みをゆらした。

「なんだい。気になるのかい」

「なんだか、おれあ、お栄さんが可哀想《かわいそう》でさあ。五年も亭主の帰りを信じて待って、やっと帰ってきた亭主が強盗の手先になっちまっててよお。挙句《あげく》に自分の目の前で殺されちまったんだぜ。たまらねえよなあ」

十七歳の寛一は、意気がってはいてもまだ多感な年ごろである。

「確かに気の毒だが、おれたちに手伝えることはわずかしかねえ。人は辛《つら》いことがあっても、我慢しなきゃあならねえときがあるもんなのさ」

「けどさあ、お栄さんは我慢ばっかりさせられてる気がするぜ。世間は不公平だよな」

「子供ができて、先に望みができたんだ。せめてそれだけでも救いだよ」

「そういうもんかなあ」

「そういうもんさ。生きる値打ちはな、どれだけ苦労を背負《しょ》いこむかにあるんだよ。おめえも親になればわかるさ」

宮三はふり向き、倅に笑顔を見せた。

宮三は通りがかりの知人と、道端《みちばた》で年末の挨拶を交わした。

「それとお父っつぁんさあ、あの晩、旦那《だんな》が熊野の権兵衛を斬《き》ったろう」

寛一は挨拶もそこそこに歩き始めた宮三の背中に、また言った。

「あれは凄《すご》かったなあ」

「凄いのなんのって。相手はそこらへんの破落戸《ごろつき》ややくざどころじゃねえ。あの化物だぜ。金剛杖を真っ二つにしてさあ。おれあ、小便ちびりそうだった」

「旦那はな、日本橋の小野派一刀流の道場で師範代を務めるほどの腕前だったんだ。日暮家に婿《むこ》入りして同心になったから、結局、師範代にはならなかったけどな。みんな知らないだけなのさ」

「そうだったのかあ」

寛一は背中の風呂敷包みをゆらした。

「けどお父っつぁん、あのとき旦那は、蟋蟀《こおろぎ》のお仙も斬ったろう。おれあ、なぜお仙まで斬っちまったのか、合点がいかねえんだよ。だってお仙は斬らなくても、簡単に捕まえることができたのによ」

なぜかなあ、と寛一は考えていた。

「たぶん、旦那はな……」

宮三の丸い背中が言った。

「亭主と一緒に、死なせてやりたかったんじゃねえか。お仙が生きのびたってゆきつく先は打ち首獄門だ。どうせなら、一緒にいかせてやるのが、せめてもの情けというものかもしれねえぜ」

武士の情け、か――寛一が呟《つぶや》いた。

一つとや、一夜明ければ賑《にぎ》やかで、賑やかで、
お飾りたてたり、松飾り……

師走の通りに、どこかで唄《うた》う童女らの手毬唄《てまりうた》が聞こえてきた。

通りに面した商家では、店《たな》一面に売り物を飾り立て、店先に高張提灯《たかばりちょうちん》をたてる年末大安売りの準備を手代らが賑《にぎ》やかにやっていた。

二

そのころ龍平は、八丁堀は亀島町の組屋敷の居室で、五番組支配与力・花沢虎ノ助に先月言いつけられたお成街道警備の報告書作りにかかっていた。

鹿取屋の娘・萌と船頭・川太郎の一件、お宮とお千代の一件、その後続いて《海へび》一味の隠密探索の役目があって、途中までしかできていなかった。

言いつけた花沢がすっかり忘れていて、

「え、なんだ？　ああ、そうだったな」

と、もうどうでもいい様子だったが、これをそのままにしておくと後で何を言われるかわからないので、龍平は今日中に片づけるつもりで、年末の休みのその日、朝から報告書作りにかかっていたのである。

妻の麻奈が、菜実を座布団《ざぶとん》に寝かせ、縁側の障子を透《すか》したやわらかく黄色い光の中で、龍平の年始用の黒羽織に火熨斗《ひのし》をあてていた。

五歳の倅の俊太郎は、暗くなるまで外で遊び回るのに夢中で家にいない。

表を、七色とうがらしの売り声が通りすぎていた。

やがて菜実が、ああ、ああ、と何かを求めて白く丸い手足を宙に遊ばせたので、麻奈は火熨斗をおいて菜実を抱き、母親らしい穏やかな声で話しかけた。

障子に映る午後の日が、赤ん坊を抱く母親の横顔をふわりと包み、そのおぼろな影が文机《ふづくえ》に向かう龍平の側《そば》の畳《たたみ》まで届いていた。

「菜実は、おとなしい子だな」

龍平は手を休め、麻奈にぽつんと言った。

「そうですね。俊太郎のときと比べると、うんと楽ですね」

麻奈が菜実に乳を含ませ、龍平へ顔だけ向けて微笑《ほほえ》んだ。

「男の子と女の子の違いかな」

「でも、この子は暢気《のんき》なのかもしれませんね。俊太郎はきかん気ですけれど、菜実は大らかでよく笑ってくれます。優しいのですよ、きっと」

優しいか。女の子が優しいのはいいな。

龍平の気持ちがなごんだ。

ふとなぜかそのとき、八年前から心の底に小さくわだかまり、いつか麻奈に訊《き》こうと思っているのにいつも忘れている疑念を、龍平は思い出した。

「麻奈」

「はい？」

麻奈は菜実へ返事をするように言った。

「前から訊きたいと思っていたんだが、おれと婚儀を結ぶ前、麻奈はおれのことを知っていたのか」

「はい」

麻奈の横顔が菜実に笑いかけている。

「そうか。誰からおれのことを聞いたんだ？」

「誰にも聞いていませんよ。あなたとは知り合いでしたから」

「知り合い？　どういう意味だ」

龍平は思いがけない麻奈の言葉に、ふ、と苦笑していた。

「麻奈がおれと知り合いだったなら、おれも麻奈を知っていたのか」

「はい。そうですよ」

「ええ？　何を言う。おれは麻奈のことは知らなかった」

するとは麻奈はくすくすと笑い、菜実に話しかけた。

「菜実、あなたのお父さまは、うかつ者ですね」

菜実が、あぶあぶ、と返事をした。

「わからんな。いつどこでおれは麻奈を知っていた」

「浜町の佐藤先生の私塾で、会っています」

「ええ？　佐藤先生の塾で？」

確かに龍平は子供のころ、浜町の儒者《じゅしゃ》・佐藤満斎の私塾へ通っていた。

十代の半ばになって、湯島の昌平黌へ移った。

佐藤先生の私塾へは、それ以降、ほとんど顔は出していない。

昌平黌へ移ったこともあるが、学問より剣道に夢中になったからである。

ということは、十代半ば以前のことか。

「わたしが佐藤先生の私塾へ通い始めたのは八歳のときでした。わたしはそのときからあなたのことは知っていましたよ。あなたは同い年でしたけれど、まだわたしより小さくて、でもおすまし屋さんでした」

麻奈は菜実に乳を含ませている。

塾生はほとんどが男だが、確かに、勉学好きの武家や商家の娘がわずかに通っていた。

「十歳のときでした。不浄役人の同心の娘と、わたしをからかったり嫌《いや》がらせをする男の子たちがいたんです。ある日、その子たちの嫌がらせがしつこくて、わたしは悔《くや》しくて、つい涙をこぼしてしまったんです。そしたら、それまで知らんぷりして本を読んでいた十歳のあなたが、いい加減にしろという感じで、わたしをかばって、たったひとりでその男の子たち相手に喧嘩《けんか》を始めたんですよ。結果は、あなたは顔に痣《あざ》やらこぶやらをつくって、着物は破られるしで、さんざんでしたけれどね」

龍平の記憶の中に、ある少女の面影が、ぼんやりと甦《よみがえ》った。

「ふふふ……わたしが傷の手あてをしようとしたら、あなたはよけいなことはするなと言って、また本を読み始めました。覚えていませんか。わたしがあなたの妻になろうと最初に思ったのは、そのときでした」

「あのときの、おかめ……」

「まあ、おかめだなんて。あなたもおちびさんだった」

そう。覚えている。そんなことがあった。

だがあのころの龍平は、父に勉学・剣術で身をたてよと諭《さと》され、本を読むことと剣術の稽古《けいこ》に熱中する以外、遊ぶことも知らない子供だった。ましてや、同い年の娘に関心を持つなど、あり得るはずがなかった。

ただ子供心にも可愛《かわい》い娘だと、思った記憶はかすかにある。

「年ごろになってから、婿《むこ》をとる話がいくつかあったんですけれど、どうしてもその気になれなかった。父と母が心配しましてね。それである日、言ったんです。水道橋の稲荷小路の旗本・沢木家の三男坊に龍平という人がいます。一度だけ話を持っていってください。相手にされないなら、そういう定めだと思って諦《あきら》めますのでと。そうしたらあなたがきたのですよ。それから俊太郎と菜実が生まれたのですよ」

そう言って麻奈は、顔だけを龍平に向けて、まるで十歳の娘がはにかむかのように、白いさらさらと乾いた、光と風のような笑みを浮かべたのだった。

龍平の胸は、甘酸《あまず》っぱい不思議な感情でいっぱいになった。

外から戻ってきた俊太郎が、勝手の方で舅《しゅうと》の達広や姑《しゅうとめ》の鈴与相手に、元気に話している声が聞こえた。

達広と鈴与の笑い声が起こった。

菜実が、あぶあぶ、と言った。
龍平は白いさらさらと乾いた光と風をじっと見ていた。

注・本作品は、平成二十二年一月、学研パブリッシング（現・学研プラス）より刊行された、『日暮し同心始末帖　はぐれ鳥』を著者が大幅に加筆・修正したものです。

二〇〇字書評

切り取り線

はぐれ烏

購買動機（新聞、雑誌名を記入するか、あるいは○をつけてください）

□（　　　　　　　　　　）の広告を見て	
□（　　　　　　　　　　）の書評を見て	
□ 知人のすすめで	□ タイトルに惹かれて
□ カバーが良かったから	□ 内容が面白そうだから
□ 好きな作家だから	□ 好きな分野の本だから

・最近、最も感銘を受けた作品名をお書き下さい

・あなたのお好きな作家名をお書き下さい

・その他、ご要望がありましたらお書き下さい

住所	〒				
氏名		職業		年齢	
Eメール	※携帯には配信できません	新刊情報等のメール配信を 希望する・しない			

この本の感想を、編集部までお寄せいただけたらありがたく存じます。今後の企画の参考にさせていただきます。Eメールでも結構です。

いただいた「一〇〇字書評」は、新聞・雑誌等に紹介させていただくことがあります。その場合はお礼として特製図書カードを差し上げます。

前ページの原稿用紙に書評をお書きの上、切り取り、左記までお送り下さい。宛先の住所は不要です。

なお、ご記入いただいたお名前、ご住所等は、書評紹介の事前了解、謝礼のお届けのためだけに利用し、そのほかの目的のために利用することはありません。

〒一〇一-八七〇一
祥伝社文庫編集長　清水寿明
電話　〇三（三二六五）二〇八〇

祥伝社ホームページの「ブックレビュー」からも、書き込めます。
www.shodensha.co.jp/bookreview

祥伝社文庫

はぐれ烏《がらす》　日暮《ひぐら》し同心始末帖《どうしんしまつちょう》

平成28年 4 月20日　初版第 1 刷発行
令和 3 年11月10日　　　第13刷発行

著　者　辻堂《つじどう》魁《かい》
発行者　辻　浩明
発行所　祥伝社《しょうでんしゃ》
東京都千代田区神田神保町 3-3
〒101-8701
電話　03（3265）2081（販売部）
電話　03（3265）2080（編集部）
電話　03（3265）3622（業務部）
www.shodensha.co.jp

印刷所　堀内印刷
製本所　ナショナル製本
カバーフォーマットデザイン　中原達治

Printed in Japan ©2016, Kai Tsujidou　ISBN978-4-396-34202-9 C0193

祥伝社文庫の好評既刊

辻堂　魁

風立ちぬ（下）　風の市兵衛⑦

まさに鳥肌の読み応え。これを読まずに何を読む!? 江戸を阿鼻叫喚の地獄に変えた一味を追い、市兵衛が奔る！

辻堂　魁

五分《ごぶ》の魂　風の市兵衛⑧

人を討たず、罪を断つ。その剣の名は――〝風〟。金が人を狂《はし》わせる時代を、〈算盤侍〉市兵衛が奔る！

辻堂　魁

風塵《ふうじん》（上）　風の市兵衛⑨

〈算盤侍〉唐木市兵衛が大名家の用心棒に!? 事件の背後に八王子千人同心の悲劇が浮上する。

辻堂　魁

風塵（下）　風の市兵衛⑩

わが一分《いちぶん》を果たすのみ。市兵衛、火中に立つ！　えぞ地で絡《から》み合った運命の糸は解けるか？

辻堂　魁

春雷抄　風の市兵衛⑪

失踪した代官所手代を捜すことになった市兵衛。夫を、父を想う母娘のため、密造酒の闇に包まれた代官地を奔る！

辻堂　魁

乱雲の城　風の市兵衛⑫

あの男さえいなければ――義の男に迫る城中の敵。目付筆頭の兄・信正《のぶまさ》を救うため、市兵衛、江戸を奔る！